ベリーズ文庫

目覚めたら、社長と結婚してました

黒乃 梓

STARTS
スターツ出版株式会社

目次

大変です、
目覚めたら名字が変わっていました

　頭が割れそうなほどの痛みでふと目を覚ますと、見慣れない真っ白な天井が目に入った。そこに並ぶ蛍光灯はすべてつけられ、昼間なのも合わさり、部屋の明るさは充分に保たれている。消毒の効いた部屋の香りが鼻先をよぎり、柚花《ゆずか》はわずかに顔をしかめた。

「気がつかれました？　気分はどうです？」

　落ち着いた女性の声が聞こえ、うっすらと開いた目を向けると、自分の母親よりもやや若い看護師が心配そうにこちらを見下ろしていた。

　状況は理解できないが、まずはとりあえずの疑問を口にしてみる。

「……あの、ここ」

　思ったよりも掠《かす》れた声になったが、意味は通じたらしい。看護師は困った顔で笑った。口元の皺《しわ》がくっきりと表れ、彼女の年齢を感じさせる。

「医療センターですよ。覚えていますか？　歩道橋の階段から落ちて、救急で運ばれてきたんです」

「え……」

寝耳に水の事態に、柚花は顔の筋肉を引きつらせた。冗談ではなく、まったく覚えていない。しかし言われてみれば、打ちつけたのか全身が痛む。

看護師は混乱する柚花にかまうことなく状況を説明していく。

「幸い、外因的な大きな怪我は見られませんでしたが、頭を打っているとのことで検査をしたんです」

声には出せず、内心で柚花は自分自身を責め立てる。

（ちょっと待って、階段から足を滑らせて運ばれるって……。どんな理由？　恥ずかしいにもほどがある！　これが会社にバレたら……）

そこで考えは別の角度に移り、急に仕事が気になりだした。しかし今日が何曜日なのかも、日付も思い出せない。頭を打ったからか、記憶がこんがらかっている。

「混乱されるのも無理はありません。先生を呼んできますね」

柚花の状態を汲《く》み取って声をかけ、看護師はさっさと部屋を後にする。病室でひとりになった柚花は天井をじっと睨《にら》み、深呼吸をした。

（えーっと、落ち着け。私は平松《ひらまつ》柚花、二十五歳。百年以上続く世界的にも有名な『天宮《あまみや》コーポレーション』のグループ会社のひとつ、大手ＩＴ企業『天宮ソリューションズＬｔｄ.』に勤めている……だよね？）

自分の情報を確認し、整理していく。

柚花は情報管理システム部に所属していた。会社自体の設立は、グループ内では比較的新しいものだが、ＩｏＴの技術の進展、日常生活への普及が進む中で期待と注目度は高く、グループ内でも今一番の脚光を浴びていると言っても過言ではない。

また、天宮グループ総裁の孫が若くして会社を興し、自ら社長を務めているのも、関心を寄せられている理由のひとつだったりする。

（ああ。それにしても、どれくらい会社を休まないといけないんだろう。上司にどう説明しよう。そもそも私はどうして歩道橋の階段から落ちたりしたのよ！）

頭に靄《もや》がかかって、自分の置かれた状況がはっきりしない。もどかしさをぶつける調子で自問するが、答えは見つからなかった。

思考と痛みのせいで、柚花の顔は自然と険しいものになる。そのとき、部屋にノック音が響き、返事をする間もなくドアが開かれた。

かつかつと音をたてて大股でこちらに近寄ってくる人物に視線を送り、相手を認識したところで、柚花の頭はフリーズした。

「……思ったよりも元気そうだな」

どうやら自分は、頭を打って幻覚まで見るようになったらしい。そう結論づける。それほどに、目の前に姿を見せた人物は柚花にとって信じられない存在だった。

（ありえない。どうして彼がここにいるの？）

現れたのは天宮怜二《れいじ》、三十五歳。今しがた情報を整理する中で思い浮かべた、柚花が勤める会社の社長である。

『インダストリー４・０』と銘打ち、ＩｏＴの普及について世界で初めて国家としての戦略を打ち出したドイツの精鋭有名プロジェクトチームと、天宮ソリューションズＬｔｄが手を組んだときは、世間的にも大きく話題となった。

その足がかりとなったのが、社長でもある怜二の存在だった。共同で最新技術を用いたスマートファクトリーへの実現を進める研究開発は、日本に、ひいては世界的に大きな利益と技術の躍進をもたらすと期待されている。

つまりは誰がどう見ても、文句なしの実力者だ。

柚花にとって怜二は、入社してから遠巻きに見たのも数えるほどで、彼を見るのは基本的に専門誌やインターネット、社員専用のウェブサイトを通してだった。

初めて本物をこんなに近くで見る。怜二は経営者としての腕はさることながら、その容姿でも一目置かれる存在だった。

端正な顔立ちに、真っ黒な髪はきちっとワックスで整えられて、高級そうなスーツと合わさるとまるで隙がない。

背が高く、意志の強そうなつり上がった眉。目は大きい方だが眼差《まなざ》しが鋭く、お世辞にも愛想がよさそうな雰囲気はない。どちらかといえば不機嫌そうなイメージを持たれることが多いのは、本人も自覚している。

柚花にとっても、怜二を前にしての感想は、なんだか怖いというのが本音だ。遠くから見る分には充分に目の保養になる。とはいえ、入社して今まで社長と言葉を交わしたことはなかった。

柚花の背中に嫌な汗が伝う。

「ま、まさか会社に連絡がいきました?」

まさに仕事で失態を犯し、処分を尋ねる口調だった。

鈍い頭をフル回転させ、柚花は彼がここにいる理由をごく短時間で導き出した。

バッグにいつも入れている社員証の存在を思い出したのだ。

あれを見れば、連絡はまず会社にいくだろう。そこから身内に知らせがいって任されそうなものだが、柚花の両親は今、外国で暮らしている。すぐに動けないのは明白で、そうなると会社の誰かが柚花を見舞うしかない。

（って、だからって、どうして忙しい社長自らが⁉　こういうときは、せめて上司とか……）

「いくだろ、普通。ったく、歩道橋の階段から落ちたんだって？　なにやってんだよ、お前は」

柚花の葛藤など知る由もなく、前髪を掻《か》き上げながら怜二は呆《あき》れた口ぶりで告げた。まったくもってその通りであり、柚花に反論の余地はない。しかし自社の社員とはいえ、仮にも初対面の人間に対して〝お前〟はいかがなものだろうかと柚花は思う。けれど、文句を言える立場でもない。痛みに眉をひそめつつ、無理やりベッドから背中を浮かして、上半身を起こした。

「す、すみません。お手数をおかけしました。でも私はご覧の通り、大丈夫ですからっ」

途中で目眩《めまい》を起こし、体がぐらりと揺れる。焦点がブレたと認識する間もなく、すぐさま怜二が柚花の両肩を支えた。おかげで柚花は倒れ込むことはなかったが、どうしても頭の痛みと重さが消えない。

「無理するな。頭を打ってるんだぞ」

痛みを一瞬にして吹き飛ばしそうな低い声が、鼓膜を震わせた。労《いた》わる声色なのが動揺に拍車をかける。肩に添えられた手は大きくて、温かい。

怜二の外見や経歴からして、付き合う異性に困った経験はないだろうと柚花も承知している。だからといって一社員に対して、こんなにもさりげなく触れてしまえることに驚く。ただ、考え方を変えるなら、彼は人として当然の優しさを見せただけなのかもしれない。

（私が免疫なさすぎるんだ、きっと）

意識するのが逆に申し訳なく感じ、柚花は強引に答えを出して頭を切り替えようとする。

そこで再びドアがノックされ、視線を移すと、さっきの看護師と中年で小太りな医師が入ってきた。歩くたびに腹の肉が揺れるのがわかる。

怜二は柚花から手を離すと、看護師と医師に向かって軽くお辞儀する。

「天宮さん、気分はどう。吐き気は？」

ベッドサイドまで歩み寄り、穏やかに医師は柚花に尋ねた。ところが、柚花は返事をすることなく首を傾《かし》げる。おかげで妙な沈黙が病室に走った。

次に柚花は、医師とは反対側に立つ怜二をそっと見上げる。すると怜二も柚花を不審そうに見ていたので、ふたりの視線は交わった。

「あのー。社長、聞かれてますけど？」

まるで答えをこっそり教えるかのごとく柚花が小声で問いかけると、怜二は眉間に皺を寄せた。

「なんで俺なんだよ。お前のことだろ」

当然のように返される。確かに質問内容はどう考えても柚花に問いかけられたものだった。でも医師は柚花に『天宮さん』と呼びかけたのだ。この病室で天宮さんといえば怜二しかいない。だから尋ねたのに、怜二は迷いなく柚花のことだと言ってきた。

（あれ？　先生、言い間違えた？　それとも私が聞き間違えたの？）

混乱している柚花に、医師は腰を屈《かが》めて柚花と目線を合わせてから、再度ゆっくりと口を開いた。

「〝天宮〟柚花さん。いくつか質問に答えてくれるかな？」

はっきりと声にされ、柚花は聞き間違いじゃなかったと悟る。しかし聞き間違いではないなら、意味が理解できない。

黙っている柚花に、医師と看護師が心配そうな表情を浮かべる。

「どうした？」

怜二も訝《いぶか》しげに柚花に尋ねる。まるで自分だけがおかしいとでも言わんばかりの空気に、柚花は押しつぶされそうだ。振りはらう気持ちで、勢いよく怜二の方に顔を向けた。

「あのっ……社長と私って実は兄妹だったんですか？」

「はぁ？　お前、本当になに言ってんだよ」

怒りでも呆れでもなく、怜二は不安そうに返す。柚花も本気で質問したわけではない。しかし、そうでもしないとこの状況に辻褄《つじつま》が合わない。

（どういうこと？　私は平松柚花だ。それなのに、どうして先生は私のことを『天宮さん』と呼ぶの？）

「なん、で？」

無意識に両手で頭を抱えようとして、視界の端に光るものを捉えた。それを確認するために、ゆっくりと左手を自分の顔の前にかざす。

「なに、これ」

自分で発した言葉が耳を通り過ぎていく。驚愕《きょうがく》でしかない。これがなにを意味するのかは、おそらく小学生でも知っている。

柚花の左手の薬指には、綺麗《きれい》な曲線を描いて、見たこともない宝石が埋め込まれている指輪がはめられていた。

再び割れそうに頭が痛み、身を縮める。

これはどういうことなのか、わけがわからない。ドッキリにしては盛大すぎるし、もしかして夢なのかもしれない。

考えられたのはそこまでだった。遠のく意識の中、誰かが自分の名前を呼んだのがやけに耳に残った。


再び目が覚めると、柚花は手際よく看護師に車椅子に乗せられ、別室に移動させられた。医師の待つ部屋で、ひと通りの検査結果を聞かされる。脳のＣＴや頭部のレントゲンなどを撮ったらしく、それらのデータを元に説明があった。

（なんかドラマみたい。それにしても、自分の頭蓋骨って思うと、生々しいな。あ、でも改めて見ると歯並びは意外と綺麗かも）

自分に起こっている事態に対して現実味が湧かず、思考をあちこちに飛ばして気を紛らわせる。柚花の後ろで立っている怜二は、真剣に医師の話に耳を傾けていた。

説明を終えてから、いくつかの指示が医師から柚花に下され、彼女は緊張気味に従っていく。

「ちょっとまっすぐに歩いてみて」とか、「このボールペンを使ってみて」といった内容で、難なくクリアできたことで逆に拍子抜けした。

結果、柚花の脳に異常は見られず、大きな怪我もなかった。歩道橋の階段から落ちたわりには、頭にこぶ、手足にいくつかの痣《あざ》ができた程度で済んだらしい。

（よ、よかった。……いや、よくない）

ホッと胸を撫《な》で下ろすのを、すんでのところで取りやめた。柚花は自分のそばに立ち、一緒に医師の話を聞いていた怜二をちらりと見上げる。何事もなかった、と言うには語弊のある状況だった。


病室に戻り、柚花は実感がないままとりあえずベッドに入る。今さらながら、ベッドはリモコン操作で起こせることに気づき、急に快適度が増した気がした。正直、体を動かさなくても起き上がれるのは便利だ。

上半身を楽な姿勢に起こしたところで、大きく息を吐く。

（状況を整理しようと思います）

なぜか敬語で自分に言い聞かせる。いまだにずっと付き添っている怜二の存在や、医師から少しだけ聞かされた事実を受け入れようと必死だった。

柚花は、ここ半年の記憶がすっぽりと抜け落ちていた。

嘘《うそ》みたいな本当の話だが、そうすると、病院で目が覚めてからの周りの態度や、社長である怜二が現れたことにも合点がいく。

ちなみに柚花の最後の記憶は、六月に入ったところだ。珍しく両親が揃《そろ》って帰国すると聞いて、久しぶりに会えるなと思い、予定を組み立てていた。しかし今となってはそれさえも不確かだ。ちなみに、実際に会った記憶はない。

今、カレンダーは十二月のものに切り替わり、今年も残すところ、まさかの一ヵ月。もう年末が見えてきている。

病室は室温が調整されているので、冬の感じはしなかったが、意識してみると送られてくる風は暖かいもの。間違ってもエアコンがガンガン効いてはいない。

バーゲンで買って着るのを楽しみにしていたワンピースはどうなったのか。まとまった夏休みを取って、今年も両親に会いに行きがてら海外旅行をしようと計画していたのは実行されたのか。

どちらにしても覚えていないなら一緒だ。同じ夏は二度とやってこない。

そういう歌詞の歌、なかったっけ？と再び現実逃避をしそうになる。

「大丈夫か？」

それを止めるタイミングで声をかけられ、我に返った。ベッドの傍らの椅子にぎこちなく腰かけている怜二に顔を向ける。簡素な造りの丸椅子は、社長である怜二と対比すると、どうもアンバランスだ。

柚花は目を泳がせ、最後には脱力して息を吐いた。

そう、本当はわかっている。服を着たかとか、旅行したかどうかなどはたいした問題じゃない。記憶が抜け落ちているとはいっても、せいぜい半年だ。

驚きは一周回って、冷静さを柚花にもたらしていた。悲壮感もあまりない。

しかしそれは、記憶をなくした事態よりも、さらに上をいく状況が柚花を待っていたからだ。

(どうやら私は、この半年のうちにとんでもない人生の岐路に立っていたみたい)

ちらっと、付き添っている怜二に目をやる。彼がここまでするのは、柚花が社員だからとかそういうことではない。

衝撃的事実。なんと柚花は結婚していた。そのうえ、相手が心配そうにこちらを見つめている自社の社長だというのだから、これを夢だと思わずにいられようか。聞けば結婚して一ヵ月になるらしい。

(これは、なんの罰ゲーム？　もちろん社長にとってだけど)

この事実だけがどうしても受け入れられない柚花は、整った顔立ちの怜二をじっと見つめ、失礼を承知で盛大に肩を落とした。

「……世の中、間違ってる」

「間違ってんのは、お前の頭だろ」

ひとりごとに、すかさずツッコミが入り、眉を寄せた。

（まぁ、そうですね。おっしゃる通りですよ。でも私と社長ですよ⁉）

目に抗議の色を浮かべても、声にはけっして出さない。

社長の存在は嫌でも目立つし、聞きたくなくても怜二に関する情報はいくつか勝手に入ってきていた。見た目も立場も申し分なく、憧れる女性社員は後を絶たない。仕事には一途《いちず》だが恋愛にはそうではないらしく、連れている女性が毎回違うなどと聞いた覚えがある。

遠くから見る分にはいい。だからって、そんな彼と結婚していたという事実をにわかに信じて、手放しで喜ぶのは無理な話だった。

怜二はなんともいえない微妙な表情をして、柚花に問いかける。

「本当に、なにも覚えてないのか？」

顔をつらそうに歪《ゆが》めて、心配そうな面持ちだ。まるで痛みを抑えているかのような表情に、柚花の胸が軋《きし》む。

「……ごめん、なさい」

そうなると、柚花の口から漏れるのは謝罪の言葉しかない。

「謝ることないだろ。記憶が抜け落ちている状況自体は、そこまで大きな問題じゃない。頭は後からが怖いんだ」

怜二は医師の説明を反復するよう柚花に言い聞かせる。記憶とは曖昧なもので、ふとした瞬間に蘇《よみがえ》るかもしれないし、そのままかもしれない。そこは、はっきりとは告げられなかった。

とはいえ記憶障害など、これ以上ひどくなる可能性もないとは言いきれない。よって柚花は様子を見るため、今日と明日は入院することになったのだ。

腕時計を確認すると、怜二はおもむろに立ち上がる。

「柚花。奥村《おくむら》さんに連絡しておいたから、後で必要なものを持ってきてもらえ。俺も遅くはなるだろうが、今日の面会時間内にもう一度必ず顔を出す」

「あ、いえ……」

お気遣い無用ですよ、と柚花が言おうとしたところで、怜二はまっすぐな視線をぶつけてきた。

「退屈だろうが、活字は我慢しろ。ぼーっとしておけ。得意だろ？」

「どういう意味ですか？」

むっとして答えた柚花に、怜二はかすかに笑った。初めて見る表情に、柚花の心はざわつく。心臓を鷲掴《わしづか》みされた、という言葉がぴったりだった。ただでさえ頭も体も痛いのに、これ以上痛むところを増やされるのは困る。

怜二が部屋から出ていき、ひとりになったところで、いそいそとベッドに潜った。白くてずっしりとしたかけ布団は、かければ重く感じる。

それを気に留めず、なにげなく髪先に触れた。

時間の経過は本当らしい。さっき自分の姿を鏡で見て、戸惑いを隠せなかった。肩につくかつかないかで揺れていたはずのストレートの黒髪は、記憶より十センチ以上伸びている。

（こんなに伸ばしたのは久しぶり。いつも長くなる前にカットしてもらうのに、どうしてこんなにも伸ばしているんだろう？）

さらに驚愕したのは、ピアスをしていたことだった。ピアス穴をあけた覚えも、あけようと計画した記憶もない。なのに柚花の耳たぶにはパールがきらりと光り、花をモチーフにしたシンプルなピアスがはめられている。

（私、どうしちゃったんだろ。本当に私なの？）

不安にも似た気持ちが、じわじわと首を締めつけるように息苦しさをもたらす。

身長は百六十センチ弱と、中学生の頃から変わっていない。派手な顔立ちではないが、客観的に見てもそこまで悪くないと認識しているし、メイクもお洒落《しゃれ》も人並みにはしている。

どちらかといえば〝おとなしそう〟などの印象を抱かれることが多い柚花だが、実際はわりと活動的で、新しいことをしてみたり、ひとりで出かけたりするのも好きだったりする。

(私は私だ)

自分に言い聞かせた。

気になる髪型やピアスについては、イメージチェンジでも図ったと結論づけて、無理やり納得させる。

さらに、今まで一度も指輪をはめた経験のない左手の薬指を再度確認してみた。

ベッドの中の暗さが、わずかな光を反射して輝く指輪の存在を際立たせている。

(私、本当に社長と結婚したの?)

怜二の左手の薬指にも、自分と同じデザインの指輪がはめられていたのを思い出す。

柚花の中の彼のイメージは、指輪をするタイプに思えない。あれこれ考えて鼓動が速くなっていった。

（そもそも、なんで私は彼と結婚したの？）

湧き上がった疑問を遮ったのは、余裕のないノック音で、間髪を入れずに慌てた様子の女性が入ってきた。

「柚花！　あなた、階段から落ちたって、大丈夫なの⁉」

「佳代子伯母《かよこおば》さん」

息急《せ》き切っている伯母の名を呼ぶ。

彼女は奥村佳代子。柚花の母の姉で、外国を拠点にしている両親の代わりに、なにかと柚花を気にかけて面倒を見てくれている存在だ。

母が柚花と同じで、いつも肩につかないくらいの髪の長さなのに対し、伯母の髪は腰まである。それがふたりの大きな違いで、二歳差の姉妹は顔立ちも声もよく似ている。電話だと素で間違えるくらいだ。

「怜二さんが連絡くれてね。大きな怪我も異常もないって聞いて安心したけれど、まったく、寿命が縮まったわよ。結婚したばかりでいきなり妻が入院なんて。怜二さんにも申し訳ないわ」

佳代子は持ってきた荷物から、柚花の着替えや洗面用具などを取り出しつつ、小言を放つ。まだ息も整っておらず興奮気味なのは、その分、本当に心配をかけたからだ。柚花は素直に聞き入れた。

髪を緩くヘアクリップで留め、淡いライトグリーンのセーターに、ブラウンのスカートという出で立ちは、佳代子の好きそうなコーディネートだった。見慣れた姿に柚花は安心する。ただ、冬服なのがやはり不思議だ。

「伯母さん」

「なに？　佳菜子《かなこ》にも連絡を入れた方がいい？」

佳菜子は柚花の母親の名前だ。柚花は静かに首を横に振り、続ける。

「そこまで大げさにしなくていいよ。あの、私と、しゃ……っ、その、怜二さんって、どうして結婚したの？」

「どうしたの、急に？」

怪訝《けげん》な顔をする佳代子に、柚花は今の自分の状態を話すかどうか、しばし迷った。ややあって伯母の視線を受け流し、曖昧に答える。

「えっと、ちょっと、頭を打ったからか記憶が混乱してて」

佳代子の瞳が大きく見開かれ、不安の色が広がった。病室にあれこれ持ってきたものをセットしていた手が止まる。

「あなた本当に平気なの？　怜二さんとの件は、私も本当に驚いたわよ。どうしてって私が聞きたいくらい。だって柚花から、お付き合いしている人がいるなんて今まで聞いたこともなかったのに、いきなり結婚するって報告に来るものだから」

「そう、なんだ」

「そうよー。でも結婚はタイミングよね。佳菜子たちがちょうど帰国する機会もあって、怜二さんが海外出張を控えていたのもあったからかしら。さっさと籍だけ入れちゃうんだもの」

話を聞いたところで、まったく柚花の記憶が蘇る気配もなく、むしろ他人事に聞こえる。

「お父さんとお母さんは、その、結婚についてなにか言ってた？」

作業を終えた佳代子はベッドに歩み寄り、さっきまで怜二がいた椅子に座った。行儀よく膝を斜めに揃え、頬に手をやる。

「すごく喜んでたわよ。むしろ恐縮してたくらい」

「恐縮？」

「そりゃ、まったく色恋沙汰のない年頃の娘が、いきなりあんないい人を捕まえてくるんだもの。結果的に天宮グループとも繋《つな》がりができたわけだし」

なるほど、と相槌《あいづち》を打ったものの、疑問が残る。

「でも、うちに直接関係すること、ある？」

柚花の両親は今、フランスでパティスリーを経営している。パティシエである父は、母と共に実家の近くで洋菓子店をずっと営んでいた。

その腕は確かで、店はいつも多くの客で賑《にぎ》わい、両親は常に忙しそうだった。テレビや雑誌などに幾度となく取り上げられ、子どもとしては寂しさがありながら、店も両親も誇らしかった。

柚花の父の腕を見込み、さまざまなところから声がかかったりもしたが、子どもたちが独立するまでは近くで成長を見守ると決めていた父は、どんな申し出にもけっして首を縦に振らなかった。

そして柚花と弟が家を出たのを機に、夫婦で渡仏を決意したのだ。元々、父はパティシエの技術を学ぶためにフランスに留学していた過去を持つ。その際、語学留学していた柚花の母と知り合った経緯もあり、両親共に外国、むしろフランスへの移住はそこまでハードルも高くなかった。

繊細な洋菓子に日本の和の要素を合わせた、抹茶や小豆《あずき》、柚子などを使った商品は、日本ブームが後押ししたのもあって現地で人気を博している。留学時代に繋がりのある現地の人間の伝手《つて》もあり、系列店をオープンさせる準備も進めていると柚花は記憶している。

（お父さんとお母さんは元気かな）

「なに言ってるの。あっちで新規のお店を出すのに、怜二さんにはいろいろとお世話になったのよ」

思いを馳《は》せていた柚花は、思わず伯母を二度見する。

初耳だった。いや、聞いたのかもしれないが記憶にはない。佳代子はついていけない柚花をよそに、一方的に捲《まく》し立てる。

「怜二さん自身もとっても素敵で、申し分ない人で……さらに妻の両親の事業にまで手を貸してくださるんだから、もうこちらとしては、あなたの結婚について彼には感謝の言葉以外ないわよ」

（あれ、なんだろう、この感じ。記憶がないから？）

怜二を絶賛する佳代子の話を聞きながら、柚花の胸の中を、不安にも似た言い知れない気持ち悪さが覆っていく。この話をこれ以上聞いていたくない。

柚花の異変に気づいた佳代子が話を止め、心配そうに柚花を見つめた。

「柚花。あなた、顔色悪いけれど大丈夫？　吐きそう？」

「私……」

自分でも血の気が引いていくのがわかる。柚花はベッドに背中を預け、体にぐっと力を入れた。

「ごめん、伯母さん。ちょっと疲れたみたい」

「こちらこそ、頭を打っているのに悪かったわ。とにかく今はゆっくり休みなさい」

佳代子はそっと椅子から腰を浮かす。小さく「ありがとう」と告げた柚花は、迷走を続ける意識をシャットダウンするため、静かに瞼《まぶた》を閉じた。


おもむろに目を開けて瞬《まばた》きを繰り返す。天井からつるされた蛍光灯の明かりに、柚花はつい眉をひそめた。静かに首を動かして身じろぎすると、不意に声がかかる。

「起きたか？」

低い声に頭が一気に冴《さ》えた。

「えっと」

顔をベッドサイドに向ければ、怜二は昼と同じ、ベッドのそばに備えつけられている赤い椅子に腰かけていた。お世辞にも座り心地がいいとは言えない様子で、彼に似つかわしくもない。

しかし怜二は気にする素振りもなく、長い足を組み直す。手には文庫本を収めていて、その本を閉じると改めて柚花に視線を向けてきた。

「気分はどうだ？」

「平気です。ただ、すごく眠くて」

「薬に眠くなる成分も入ってるからな。それに、混乱する記憶を整理するために脳が睡眠を欲してるんだろ」

すぐ隣のテーブルに置かれた時計を見れば、午後七時四十分。夕飯を食べて薬を飲み、まどろんでいたらしい。怜二はいつ来たのか。

柚花は意を決し、体を起こすと彼にしっかりと向き合った。

「あの、社長。私たちって本当に結婚しているんですよね？」

「なんだ？　信じられないなら、戸籍謄本を取ってきてやろうか？」

力強く尋ねた問いに対し、怜二の反応はあっけらかんとしたものだった。おかげで、意気込んだ調子が崩れそうになる。

「結構です。そういうことではなくてですね、どうして私たちは結婚したんでしょうか？」

気を取り直して詰め寄ると、病室にしばし沈黙が降りる。口火を切ったのは怜二の方だ。

「結婚したいと思ったから」

「は？」

シンプルな回答に、柚花は間抜けな声をあげる。なんでもないかのように答えられ、逆に面食らってしまう。

「他に理由がいるのか？」

さらに冷静に付け足され、柚花は逆に狼狽《うろた》え始めた。

「だ、だって私、どう考えても社長の好みのタイプじゃないと思うんですけど？」

柚花の発言に、怜二は一瞬だけ苦い表情を見せる。

「それを言うなら、お前だって俺は好みじゃないだろ」

あえて肯定も否定もせず、同じ内容を柚花に返す。眉間に皺を寄せている怜二を柚花は気にせずに、指摘された言葉を額面通りに受け、脳内で咀嚼《そしゃく》していく。

改めて好みと言われると、どうも難しい。とはいえ結婚するなら、せめて話が合って、一緒にいて飾らずに安心できる人がいい。

そういう意味で、怜二はまったく当てはまりそうにもなかった。話も合いそうにないし、現に一緒にいる今も緊張しかない。

「い、いえ。社長は充分に素敵ですよ。少し愛想が足りないのが残念とも思いますが、それも魅力と言えば魅力ですし。外見にしても、立場的にも、正直私にはもったいないと言いますか……」

（……とはいっても）

立て板に水のごとく続ける。おべっかではなく、これはこれで柚花の本心だった。

（って、なんで私がこんなに一生懸命フォローしてるの⁉　普通、逆じゃない？）

自分の立ち位置を思い出し、怜二をじっと見つめる。

背も高く、くっきりとした目鼻立ち。艶のある黒髪はきっちりと整えられている。怒っていると思われやすいのは、眼光が鋭く、険しい表情を見せがちだからだ。他者とは違う圧倒的なオーラがあり、エリートで、経営者としての才覚も持っている。やはり自分とは違う特別な人間だと思わずにいられない。

（本当に、そんな彼とどうして私が……）

「それでも、お前は俺を選んだんだ」

怜二の言葉に意識を戻す。いつの間にか椅子から立ち上がった怜二が、ベッドのすぐそばまで来ていた。自然と怜二を見上げると、ベッドに手をついた彼が柚花と視線を合わせてくる。

「もったいないとか、好みとか、どうでもいい。俺たちは結婚したんだ。お前は俺のものなんだよ」

射貫《いぬ》くような眼差しに、さっきまでとは打って変わって真剣な表情。怜二の仕草、言葉のひとつひとつが柚花の動きを止めた。投げかけられた言葉の意味もなかなか理解できず、息が詰まりそうになる。

怜二がついていた手を浮かし、そっと距離を取ったところで、時間が動きだした感覚になる。柚花はぐっと唾液を嚥下《えんげ》し、自分を奮い立たせて話を振る。

「そ、それにしても、まさか自分が二十五で結婚するとは思ってもみませんでした……って、私、もう二十六じゃないですか！」

「そうだな」

セルフツッコミにあっさり同意が入る。柚花の誕生日は十月末なので、暦が正しいのなら、今は二十六歳になっている。

たかが一歳、されど一歳。二十五歳のときは微妙な感じがしていたが、二十六歳となると、もう立派な二十代後半だ。

「ちなみに社長は私の誕生日、なにかお祝いしてくれました？」

「お前が耳につけてるだろ」

「え、これって社長からのプレゼントだったんですか⁉」

　つけっぱなしのピアスに思わず触れた。怜二からの贈り物だったことに、純粋に驚く。もしかしてそのためにピアスホールをあけたのでは、との考えが頭をよぎったが、今は尋ねなかった。

「……ありがとうございました」

　とりあえずお礼を告げる。そしてさらに質問してみた。

「あの、私たちの出会いって、やっぱり会社ですか？」

「いや」

　あっさりと否定されて、きょとんとした面持ちになった。顔色を読んだ怜二が端的に補足する。

「バーだ」

「バー⁉」

　ここが病院だということも忘れ、柚花は思わず叫んだ。慌てて口を押さえたが、特に苦情が入る気配もなく、手を戻す。

「そこまで驚くか？」

「お、驚きますよ。だって私、バーなんて行ったことありませんし」

正直、自分の行動が意外すぎて信じられない。柚花はそこまで酒に強いわけではなく、バーに多少の憧れはあるものの、行ってみようと思ったことさえない。

「『Liebling《リーブリングス》s』っていう小さなバーだ。マスターがひとりでやっていて、ヒンメルビルの五階の端に入っている」

怜二から次々に情報を与えられるが、まったく思い出せない。ただし、引っかかるものがあった。

「リーブリングス……」

「店の名前に覚えはあるだろ?」

自然とバーの名前を復唱する柚花に、怜二の確信めいた発言が飛ぶ。

否定はしない。怜二の言う通りだったからだ。

柚花にとって『リーブリングス』は、初めて聞く単語ではなかった。しかし、それはバーの名前としてではなく……。

記憶を引き出そうとするが、今は断念して、記憶に繋がる情報を聞き出すことに徹する。

「それにしても、私がバーって……。誰かに連れていってもらったんでしょうか?」

「いや、お前は最初からひとりで来てたけどな」

思い出すどころか、ますます自分が理解できなくなり、混乱した。

バーに足を運ぶの自体驚きなのに、さらにひとりで訪れるとは。いったいどんな心境の変化があったのか。自分のことなのに想像もつかない。

あれこれ思い巡らせ、本調子ではない頭で、ひとつの結論を導き出した。答え合わせをするつもりで怜二に問いかける。

「もしかして、あれですか？　社長がよく行っているのを知って、お近づきになりたいがために、私はひとりで足を運んだとか？」

といっても、怜二とお近づきになりたいと思った覚えもない。でも他にどんな理由があるのか。

答えが合っているのかと怜二の反応を待っていると、目の前に信じられない光景が飛び込んできた。

怜二が口元に手を当て、堪《こら》えながらも喉を鳴らして笑っている。うつむき気味になっているが、見間違いではない。

「な、なんで笑うんですか？　私は真面目《まじめ》に聞いてるんですよ！」

「そうだな。普通はそう思うよな」

怜二はおかしそうに自分の前髪をくしゃりと掻いた。顔には笑みが浮かんだままで、柚花の知る、普段の社長の姿からは想像もつかない表情だった。

「ひとりで納得して、ずるいですよ。ちゃんと話してください」

見とれてしまったのが悔しくもあり、柚花はむくれた口調で告げた。

「おいおいな。今日はここまでだ」

怜二が自身の腕時計に目をやったので、柚花もつられて時間を確認した。時計の針は八時を回っている。面会は一応午後八時までとなっているので、もういい時間だ。

「お忙しいのに、すみませんでした」

どうしても社員としての立場が拭《ぬぐ》えず、社長に対する恐れ多さから、謝罪の言葉を口にした。

するとと怜二は、なだめるためにも柚花の手に軽く自分の手を重ねた。彼の左手の薬指には、やはり指輪がはめられている。

「また元気になったら連れてってやる。だから今はおとなしくしておけ」

「子ども扱いしないでください」

小さく抗議するも、柚花の心臓は早鐘を打ち始めていた。怜二は余裕のある表情を崩さない。さらに、ゆっくりと顔を近づけられ、柚花は硬直するしかなかった。

重ねられていただけの手が柚花の指先を握り、額よりもやや上の位置に唇を寄せられる。髪に触れられるだけのキスだった。

正直、感触もよくわからなかったが、されたことを意識すると、それだけで思いっきり動揺してしまった。そのうえ慈しむように頬に手を添えられ、反応する間もなく、至近距離で漆黒の瞳に捕らえられる。

「また明日も来る。ちゃんと寝ておけよ」

「……はい」

形のいい唇から紡がれた言葉に、余計なことはもうなにも言えない。触れられた箇所が必要以上に熱くて、怜二の目が本気で心配そうだったからなおさらだ。

彼が病室を出るのを見送ってから、枕に頭を沈めて目を瞑《つむ》った。言い知れぬ恥ずかしさが体中を駆け巡る。

(どうしよう。息がうまくできなくて胸も苦しい)

恋愛経験がほとんどない自分がいきなり結婚。しかも今からするのではなく、すでにしているという事実に戸惑いが隠せない。

さらに相手は、直接関わることがないと思っていた自社の社長なのだから、いろいろとついていけずにいた。

柚花とは真逆で、明らかに怜二は色恋沙汰に慣れていそうだ。仕事とプライベートの線引きは不明だが、彼が連れているのはいつも華やかで目を引く美人ばかりだといった噂《うわさ》も耳に入ってきていた。

とはいえ、特定の彼女がいる様子も結婚する素振りもなくて、グループ会社の役員を務めている両親はやきもきしているんだとか。

根も葉もどこまであるのか判断できなかったが、全部柚花にとっては関係ない話だと思い、聞き流していた。

『お前は俺のものなんだよ』

怜二に言われた台詞《セリフ》が脳内でリアルに再生され、素で叫びそうになるのを、今回はすんでのところで堪える。この発散したい気持ちはどうすればいいのか。

窒息しそうになるほど、枕に顔をうずめる。

（違う、そういう意味じゃない。彼が言っているのは物理的にというか、結婚したからであって……あれ？　そうなると、私ってやっぱり彼のものなの？）

混乱と息苦しさで、頭がパンクしそうだ。ただでさえ頭を打って入院している状況なのに、これはよろしくない。ぎこちなくもゆっくりと息を吐き、体を反転させ、天井を視界に捉えた。

今までの人生をじっくり思い出すまでもなく、柚花の恋愛経験は、ほぼ皆無だった。

学生の頃は異性よりも同性と一緒にいる方が楽しかったし、社会人になって友人から男性を紹介されたり、コンパに誘われたりもしたが、いまいちピンとくる出会いもなかった。

結婚に対する憧れも〝いつかはしたいな〟くらいのものだったので、実際に結婚している状況に置かれても、どう受け止めていいのかわからない。

(なんたって相手が社長だし。現実味が湧かないよ)

バーで出会ったと怜二は言っていた。そこからどういう展開で自分たちは結婚を決めたのか。

(やっぱり私から告白したのかな？　プロポーズとかも一応あったの？　全然想像つかない。あ、結婚式ってどうなっているんだろう？)

気になりだすと疑問は次々と浮かび上がってくる。しかし、眠さと頭の痛みがそれ以上の思考をブロックした。

柚花はなにげなく自分の頬に触れる。余韻を残した怜二の手の感触や温もりがまだ消えそうもない。

(でも、嫌じゃなかった)

さりげなく触れられ、驚きはしたが嫌な感情はまったく起こらなかった。理由までは突きつめられないし、そこまで頭も回らない。

一度頭を真っ白にしようと試みるが、ある言葉だけが残った。柚花はそれを小さく口にする。

「リープリングス、か」

バーに行ったことも、怜二と出会ったことも覚えていない。でも、この単語は知っている。確か……。

そこまで考えて意識が沈みそうになる。瞼が重い。

急激な眠気に襲われ、柚花は緩やかに、再び夢の中へと落ちていった。

記憶のカケラ　ひとつめ

七月に入り、気温が日ごとに上昇している中、湿度を伴った雨の日々とはそろそろお別れになりそうだ。

この一週間は梅雨《つゆ》明けしそうでしない微妙な天気が続いていたが、今日は幸い晴れている。そういった後押しもあり、柚花はここに足を運んだ。

（どうしよう。やっぱりやめようかな）

ところが最後の一歩がどうしても踏み出せず、ダークブルーのドアの前でたたずんだ状態で、早十分以上。はたから見たら間違いなく不審者だ。レバータイプの取っ手はくすんだゴールドで、装飾がやけに細かく豪華だった。

こんなにもドアを開けるのを緊張するのは、会社の面接試験のとき以来かもしれない。あのときは迷う暇などなかったけれど、今は違う。

時間はいくらでもあるし、最悪、このドアを開けない選択肢だって柚花にはある。

金曜日の午後八時過ぎ。外は多くの人がごった返していたのに、このビルの五階のフロアには人通りがほとんどない。

　ここはクリニック、フィットネスジム、アパレル関係など、ありとあらゆる一流施設が入る総合ビルだ。柚花の訪れている五階には、日本有数のメガバンクなどが入っている。そのため、今の時間帯は全体的にシャッターが閉まっていて薄暗い。

　ATMはエレベーターを降りてすぐのところにあるのだが、柚花がいるのはエレベーターから一番遠い、最奥と言ってもいい場所だった。

　ほんの少しの明かりが中から漏れている。このドアの向こうは柚花にとってはまったくの未知だ。おそらく、知らないままでいてもなんら支障はない。

（でも、私は一歩踏み出すって決めたんだ）

　腹はとっくに括《くく》っている。こんなところでつまずくわけにはいかない。

　チョークでドアに描かれている【Lieblings】の文字を見て決意を固め、思いきってレバーに手をかけてドアを引いた。

　カランカランと来客を知らせる鐘の歓迎を受け、中に足を踏み入れる。

「いらっしゃい」

「こ、こんばんは」

　緊張で声がつい上ずってしまう。マスターと思わしき人物と、彼と話していた年配の男性の視線がこちらに向き、柚花の心臓は激しく脈打った。

おそるおそる店内に歩を進める。照明は極力落とされ、穏やかな明かりとボサノヴァ系の音楽が独特の空間を作り上げていた。

想像していたより狭く、マスターを中心にコの字型にカウンターがあるだけだった。

「珍しいね、こんな若い子が」

座っていた男性の発言に、場違いかなと不安になった。どう見ても年齢層は高めの印象だ。

「いいよ、いいよ。綺麗なお嬢さんは大歓迎だ。どうぞ座って。うちはノーチャージだから」

マスターが目を細め、固まっている柚花を促す。父親と同じか、やや上くらいの年齢だと推察する。

白髪《しらが》交じりの髪は綺麗にまとめ上げられていて、白いシャツの首元には黒いストールがかかっている。紳士と呼ぶのがぴったりの上品さがあった。

案内されるままに、柚花はカウンターの真ん中に腰かけている男性から、右にふたつほど席を空けておずおずと座った。

「なにを飲む？」

「あの、私、バー自体が初めてで……お任せしてもいいですか？」

柚花の正直な告白に、マスターは穏やかな顔を見せる。

「かまわないよ。お酒は強い？　どんな味が好きかな？」

「あまり強くないので、アルコール度数は低めで、できれば甘めのものをお願いしたいです」

「了解」

なんとか注文を終えて、柚花の張りつめていた緊張が少し和らぐ。そのタイミングを見計らってか、並びに座る男性客が笑いながら声をかけてきた。

「にしても、初めてでここを選ぶってなかなか通だね」

「それは……」

答えようと顔を横に向けたところで、柚花はもうひとり店内に客がいたことに気づいた。ここに入ったときは緊張のあまり意識を向けていなかったが、柚花の席から斜め向かい、カウンターの一番左奥に座っている男性を視界に捉え、息を呑《の》む。

男性はこちらに視線を一切よこすこともなく、手元にある本に意識を集中させている。彼の座る奥の席だけライトが別にあって、顔をくっきりと照らしていた。

「社長」

思わず呟《つぶや》いた言葉に、男性が顔を上げる。視線が交わり、柚花の予想が確信に変わった。

「なんだ、怜二の知り合いか？」

「社長ってことは、天宮ソリューションズの社員さん？」

マスターと男性客に続けざまに質問される。柚花自身も半信半疑だった。こんなところで社長に遭遇するとは信じられない。でも人違いで済ますには、怜二は他の追随を許さない外見の持ち主だった。

上等なスーツを身にまとい、迫力のある眼差しで、怜二は不機嫌そうに柚花をじっと見つめる。そしてその口が動いた。

「誰に聞いた？」

「……はい？」

直接近くで聞く怜二の声は、柚花の想像していたものよりも低く、それでいてよく通る。しかし、今は彼の声を堪能している場合ではない。そもそも、問いかけの意味が理解できない。

社長に話しかけられること自体、柚花にとっては初めてで、今の自分が置かれている状況のどれもが非現実的だった。けれど、混乱する柚花を無視して、怜二は厳しい声で続けた。

「俺がここに出入りしていること、誰に聞いたんだ？」

「だ、誰にも聞いていませんよ」

意図が読めないながらも柚花は正直に答える。

「じゃあ、なんでこんなマニアックなところに来たんだ？」

「マニアックって、お前なぁ」

マスターが残念そうに口を挟んだが、怜二はまったく意に介さず、柚花から視線を逸《そ》らさない。軽蔑している冷めた表情で吐き捨てる。

「どうせ噂かなにかで俺のことを聞いたんだろうが、そういうのはお断りだ。お前みたいなのはタイプじゃない」

勝手に結論づけられ、非難される。なんとなく相手の言いたいことを汲み取ったが、それがあまりにも一方的な考えと押しつけだったので、呆然《ぼうぜん》としていた柚花の心の奥で、なにかがプツンッと音をたてて切れた。

「自惚《うぬぼ》れも大概にしてください！　ここに来たのは、私の大好きな本のタイトルと同じ名前だったからです。社長に興味は一切ありません。むしろ残念ですよ、社長の噂を聞いていたらここには来なかったのに」

感情任せに口から出た言葉で反論する。カウンターを鳴らしそうになるのをぐっと堪えたのは、せめてもの理性だった。

柚花の言い分に、怜二の目は大きく見開かれる。途端に冷静になった柚花は、怜二から目を逸らして身を縮めた。

(や、やってしまった。向こうが言ってきたとはいえ、自分の会社の社長にとんでもない口のきき方を……。これって減俸処分？　まさかのクビ!?)

後悔に苛《さいな》まれながらも、ここに来るまでの葛藤や、行動に移した柚花の一大決心を『社長の追っかけ』で片づけられるのは、ものすごく不本意だった。

荒れる柚花の心とは逆に、ボサノヴァの静かな8ビートが店内には流れる。

「悪かった」

不意にぽつりと呟かれた言葉に、柚花は再び怜二の方に顔を向ける。怜二は気まずそうに髪を掻き上げて、ため息をついた。

「言いがかりが過ぎた。悪かったな」

意外にも素直に謝られ、とっさに返す言葉に迷う。そこで、男性客が豪快に笑いだした。

「本当、今のは怜二が悪いよなあ」

「まったく。せっかくうちに来た可愛《かわい》いお客さんになんて発言だ。ごめんね、お嬢さん。あいつ最近、一方的に女性に迫られたのもあって、ピリピリしてるんだよ」

マスターがこっそりと柚花に教えた。その言葉を受け、怜二は気まずそうに柚花からふいっと顔を背ける。

「だから女は嫌なんだ。感情的で、自分のことばかりで」

「そんなふうにしか思えないから、割り切った関係しか築けないんだろ」

怜二の吐き捨てた言葉に、男性客が苦々しく笑いながら指摘する。三人の雰囲気から察するに、それなりに親しい間柄なのが柚花にも伝わってきた。

そこで、マスターが柚花に話を振る。

「にしても、マニアックかどうかはともかく、うちは看板も出していないしメディアにも一切露出していないから、お客さんは限られているんだよ。よくここにたどり着いたね」

「あの、古書店のご主人に聞いて」

それだけでマスターは腑《ふ》に落ちた顔をする。

「ああ、澤井《さわい》さん？　あの人がここを教えるとは、お嬢さんは本当に本が好きなんだね。『リープリングス』を知っているくらいだし」

「やっぱりヘレナ・ビンガーの作品ですか？」

「そうそう。映画の大ファンでね、原作の小説タイトルを店名に拝借したんだよ」

『リープリングス』は、ヨーロッパで人気を誇るシリーズものの小説だ。これを原作とした映画が十年以上も前に日本でも公開され、日本語に翻訳された小説も全二十巻で発売されたが、出版社の倒産や版権の問題などで今では絶版になっている。

元々、本が好きな両親の影響で柚花も読書が好きだった。ヨーロッパに留学経験のある両親は原作も知っており、日本語版が家に数冊あったのを柚花も読んだのがきっかけだ。

両親以上に作品に魅了され、どうしても続きが気になって古書店を巡ったりしているうちに、ある店の主人から『探している本と同じ名前のバーがある』との情報を得たので、今日こうしてやってきた。

自分が初めて訪れるバーが、好きな本のタイトルと同じ名前ならなんとも素敵だな、と思いながら。

そういう話をしていると、目の前にトールグラスが置かれた。底の方は濃い赤紫色で、そこから徐々に淡い黄色になっている。

「カシス、グレープフルーツですか？」

「惜しい。カシスは正解だよ。そこにクランベリージュース、柚子ジュースの順で割ってみたんだ」

「柚子？」

目を丸くして反応を示した柚花に、マスターは目を丸くする。

「嫌いだったかい？」

「いいえ、むしろ逆です。私、柚の花って書いて柚花って名前なので、なんだか嬉《うれ》しくなっちゃって」

自然と声が弾み、顔を綻ばせてカクテルにじっと視線を送る。嬉しそうな柚花をマスターも穏やかに見つめた。

「そっか。それは今日、お嬢さんがここに来たことも合わせて運命を感じるね。柚花ちゃんっていうんだ」

「さすが近藤《こんどう》さん。こうやってお客さんの心を掴むわけだ」

隣の男性客も笑った。そして「乾杯」とグラスを掲げたので、柚花も軽く持ち上げる。マドラーでゆっくり混ぜると、はっきりとした色が徐々に混ざり合っていく。もったいない気がする反面、どんな味なのか楽しみだ。

ひと口飲んでみると、カシスの甘さと柚子の酸味のバランスがちょうどよく、お酒があまり得意ではない柚花にも抵抗感が少ない。

つい、ごくごくと飲み干してしまいそうなのを、じっくりと味わって口に含んでいく。美味《おい》しさと雰囲気で柚花の気分は上々だった。

改めてマスターは近藤と名乗り、隣の客も同じタイミングで島田《しまだ》だと自己紹介をした。ふたりとも気さくで話し上手なこともあり、柚花の緊張も次第にほぐれていく。

そして柚花がグラスをほとんど空けたタイミングで近藤が尋ねる。

「そういえば、さっき話してた『リープリングス』だけど、小説は全部持ってるの?」

「途中までしか持っていないんです。続きも気になるんですが、古い作品だからか、古書店でもなかなか見つからなくて」

「そっか。俺も持ってたけど、今はちょっと手元にないんだよね」

するとどういうわけか、不意に近藤は顔を右に向けて、一切会話には参加してこなかった怜二に声をかけた。

「怜二、お前『リープリングス』全巻持ってただろ。柚花ちゃんに貸してあげろよ」

「え!」

柚花が叫んだのと、怜二が本から顔を上げたのは、ほぼ同時だった。突然話を振られたのもあってか、怜二は軽く眉を寄せている。

「いえ。大丈夫です」

おかげで怜二がなにかを言う前に、柚花は拒否の意を示して手のひらをぶんぶんと振った。近藤の気遣いはありがたいが、さっきの気まずさもあり、怜二とはこれ以上は下手に関わりたくないのが本音だ。

「でも、古書店を巡るくらい探してたんだろ？」

「他にもお目当ての本があったんです。だから、本当に気にしないでください」

「貸してやれよ、怜二。自分のとこの社員なんだから、それくらいしてやれ」

近藤を援護する形で島田が口を挟む。しかし柚花にとっては、援護どころか向けられる銃が増えただけだ。

冷や汗をかきながらも、話の腰を折って会計をお願いする。時間も時間だ。

「あの、今日はありがとうございました」

「こちらこそ。ぜひまた飲みに来てね」

「柚花ちゃん、またね」

近藤の次に、島田が軽く手を上げて柚花に声をかけた。

「はい。島田さんも、どうもありがとうございます。社長もお疲れさまです。お先に失礼します」

会社仕様で一応、怜二にも挨拶する。反応は待たずにそそくさと店を後にした。

ドアを開けると、別世界から戻ってきたみたいに薄暗いフロアの廊下が待ちかまえていた。昼間には掻き消されているボイラー音が、今は無機質な空間の中、しっかりと聞こえる。気を落ち着かせてから、エレベーターを目指して歩きだす。

一歩ずつ踏み出すたびに夢から覚めていく感覚。けれどほんのりと熱い体は、アルコールとバーの雰囲気に酔った証拠だ。バーで過ごした時間が現実なのは間違いない。

そして、乗ってきたエレベーターの前まで来て、呼び出しボタンを押そうとしたそのときだった。

「おい」

『え』というのは声になったのか、ならなかったのか。とっさに後ろを振り向けば、怜二が面倒くさそうな顔でこちらを見ていた。

思いがけない人物に、柚花はぎょっとする。

「ど、どうされました?」

問いかけてからすぐに、柚花は怜二がここにいる意味を悟った。

「あの、社長がこちらにいらしたこと、絶対に誰にも話しませんから。今日は失礼な態度を取ってすみませんでした」

なにか言われる前に牽制《けんせい》し、ついでに謝罪の言葉も述べる。ところが、続けられた言葉は耳を疑うものだった。

「そうじゃない。本を貸してやる」

思わず目が点になる。言葉の意味を理解して、反射的に首を横に振った。

「い、いいえ。結構ですよ！」

「なんだ。お前の本好きってその程度か」

つまらないとでも言いたげに放たれた言葉に、ピシッと音がするほど固まった。媚《こ》びるつもりもないので、不細工を承知で顔を引きつらせる。

「……言いますね。社長に気を使ったわけじゃありません。自分で探して手に入れます。〝欲しいものは自分で手に入れてこそ価値があると思うんです〟」

「〝限られた時間の中、くだらない価値観でチャンスを失うのは馬鹿げている〟だろ」

今度は違う意味で硬直した。反応したのは、怜二の切り返しに対してだ。

その程度と言われたことに腹が立ち、柚花が彼に告げたのは、『リープリングス』の中でヒロインがヒーローに言った台詞だった。それを怜二は作中のヒーローの言葉で返してきたのだ。

呆然としていると、怜二が柚花の背後にあるボタンを押し、呼び損ねていたエレベーターを動かす。

「何巻まで持ってるんだ?」

「五巻まで、ですが」

まだ動揺している柚花は、怜二の質問に素直に答えた。さらに「帰りはどうする」と聞かれ、タクシーだと返す。

「お前、うちの会社のどこに所属してるんだ?」

そこで柚花は、自己紹介をしていなかったのに気づいた。必要とも思わなかったが、さっと頭を下げて必要最低限の情報を告げる。

「情報管理システム部です。平松柚花と申します」

聞いておいて、怜二はたいして興味がなさそうだった。

「来週の金曜日にまた来い。続きから持ってきてやる」

そして、柚花の都合などは一切尋ねることなく言いきった。エレベーターが到着したので、柚花にさっさと乗るよう促す。

「近藤さんも島田さんも、お前を気に入ったみたいだからな」

(もしかして彼らの手前、貸すって提案したのかな?)

本を貸すよう随分と強く言われていたから、義理で言っているのかもしれない。彼にとって不本意なら、柚花としてはこの申し出を受けるかどうか悩むところだ。

すると、不意に怜二の手が柚花の頭に伸びた。

「今日の態度は八つ当たりだ。悪かった。気をつけて帰れよ」

かけられた声に刺々《とげとげ》しさはなく、むしろ柔らかい。

一瞬だけ感じた温もりはすぐに消え、不確かなものになる。それどころか、今日の出来事自体が夢だったのかもしれない。閉まるドアの間から怜二を見つめ、柚花はそう思った。

なんだか狐につままれたみたいだ。それはバーが柚花にとって初めての場所だから、といった理由だけではなく、怜二の存在が大きい。

彼は本当に来週もリープリングスにいるのか。本を持ってくるのか。

初めて直接言葉を交わした印象は最悪で、今日怜二に会ったことはすべて忘れようと決めていたのに。今の今まで冷たい印象しかなかった怜二が、柚花の中で気になる存在になっていく。

（社長も、本とリープリングスが好きなのかな？）

自分と同じく本文の台詞を宙で言うくらいだ。読み込んでいるのが伝わってきて、勝手に親近感を覚える。

（来週も、また来よう）

社員として、立場ある社長に言われたからじゃない。決めたのは柚花自身だ。夢じゃないと確かめたいのもあった。それに、本の続きも読めるならやっぱり嬉しい、そんな気持ちもある。

〝バーに行く〟目的は達成できた。けれど柚花は、来週の金曜日の予定を思い浮かべ、またここに来る決意をしたのだった。

意外です、
名前を呼ぶのがこんなに照れるとは

重い瞼を開ければ軽く頭痛がして、柚花は顔をしかめる。時計に目をやれば、夜光塗料が塗られている針の形が指し示すのは午前七時前。まだ辺りは薄暗いが、冬だからしょうがない。

長く息を吐いて、かすかに残る夢のカケラを整理しようとするが、はっきりと印象に残るものはない。たくさん夢を見た気がするのに、なにひとつ覚えていないのはどうも気持ち悪かった。

情報と記憶の大波が、頭の中で寄せては返すのを繰り広げていた気がする。

予定では今日の午後に診察があり、なにもなければ、明日の朝には退院できる段取りだ。

(社長は何時に来るかな?)

無意識に、伯母よりも先に怜二のことが浮かんだ自分に戸惑う。今の柚花にとって怜二は、夫と認識するより、まだほぼ初対面の自社の社長でしかないはずだ。それが、慣れ親しんでいる伯母よりも先に気になるとは。

昨日の夜、怜二とふたりで病室で過ごす時間が、思ったよりも穏やかで心地いいものだったからかもしれない。

（ドキドキさせられたりもしたけれど、嫌なことはなにひとつなかったし。むしろ、もっと一緒にいたかった気も……）

思考を中断させ、頬に手を当てる。

（とにかく早く思い出さないと。社長だって困っているに違いないだろうし）

とはいえ、どうすれば思い出せるのか、今の柚花には皆目見当がつかない状況ではあるのだが。

十時過ぎに、佳代子が病室を訪ねてきた。疲れない程度に適度な話し相手になり、少しだけ気が紛れる。

話す内容は、最近できた新しい店の話題や芸能人のゴシップネタなどで、さも自分が暴いたとでもいうような言い方に柚花はつい笑ってしまう。

そして話が盛り上がったところで、部屋のドアがノックされた。

佳代子が立ち上がり、返事をしながらドアへ近づく。回診だろうかと思っていると、雰囲気的に違うのを察した。

病室の出入口のところで、佳代子が誰かと話しているのが聞こえる。気になって体を起こそうとすると、ややあって柚花の視界に入ってきたのは、スーツ姿の男性と、八十代くらいの女性だった。

男は怜二と同年代くらいで、細身だけれど整った顔立ちをしている。明るめの茶色い柔らかそうな髪。少しだけつり上がってぱっちりとした瞳は猫のようだ。

今は申し訳なさげに眉を下げている。隣の女性も同じ表情だ。多くはない髪を綺麗にまとめ上げ、淡い紫色のカットソーに紺のスカートと、上品な装いだ。

「このたびはうちの祖母のせいで怪我を負わせてしまい、本当に申し訳ありませんでした」

深々と来訪者ふたりに頭を下げられ、柚花は頭が真っ白になる。まさか自分が歩道橋の階段から落ちたのに誰かが絡んでいたとは、夢にも思っていなかった。

覚えていないとは言いだせず、新たな情報に、柚花の頭はまた混乱するばかり。

名乗られて、とりあえずふたりの名前を記憶に刻む。男性の名は玉城蒼士《たまきそうし》、そして彼の祖母に当たる女性は敏子《としこ》。

玉城の話によると、敏子が歩道橋を利用している際に、たまたま居合わせた柚花に世間話を振ったのが発端らしい。なにげない会話を繰り広げる中で、敏子があまり足がよくないと聞いた柚花は、階段を下りるのを不安そうにしている彼女を支えると提案したのだという。

支えるといっても、せいぜい手を繋ぐくらいで、手すり側を敏子に譲り、柚花たちは並んで階段をゆっくりと下りていた。

ところが数段下りたところで、不意に敏子が足を踏みはずしそうになったのだ。柚花はとっさに彼女の手を引いたが、その反動で代わりに柚花が階段から落ちてしまったのだ。

「いつもなら備えつけのエレベーターを使っていたのですが、ちょうど故障中だったみたいで。本当にすみません」

「い、いえ。特に大きな怪我もありませんでしたし、気になさらないでください」

何度も頭を下げる玉城に、柚花はむしろ恐縮してしまう。

本来なら昨日訪れるべきだったのだが、敏子も少しばかり足を痛めてしまい、今日になったことも合わせて詫《わ》びられる。

彼らの相手は佳代子に任せた。玉城の口から謝罪と、見舞い金や保険などに触れる言葉が出て、佳代子も困惑気味な顔をしている。

「本当に、私のせいでごめんなさいね」

改めて柚花に謝罪する敏子の顔は、沈痛そのものだった。逆に柚花が申し訳なくなるほどに。

「足は、大丈夫ですか？」

「ええ、おかげさまで。そういえば、ご主人とは仲直りできたかしら？」

「仲直り？」

心配そうに尋ねられたものの、柚花に覚えはなく、首を傾げる。敏子は悄然としながらも微笑んだ。

「ええ。あなた、ご主人と喧嘩《けんか》して、自分が悪かったから彼の好きなものを作って仲直りするために、これから買い物に行くんだって話していたから。私のせいで、それどころじゃなかったでしょう」

敏子の瞳は不安そうに潤んでいる。

（喧嘩？　私と社長が？　どうして？　……駄目だ、思い出せない。とはいえ事情は話せないし）

「だ、大丈夫です。むしろ喧嘩どころじゃなくなって、いつも通りですよ」

その場しのぎの言葉だったが、敏子は安堵《あんど》の表情を浮かべ、口元の皺がくっきりとなった。

「よかった。でも、そうよね。夫婦ですもの」

なにかがチクリと柚花の胸に刺さった。

「柚花」

ふと佳代子に話しかけられ、意識をそちらに向ける。佳代子はさっきまでの表情とは打って変わっていきいきとしていた。

「すごい偶然よ！　玉城さん、怜二さんの知り合いなんですって」

「驚いた。天宮って名字だから親戚かなにかかと思ったら、まさか怜二の奥さんだったとは」

ふたりの視線を一気に引き受け、柚花は反応に困る。その状況で先に言葉を続けたのは玉城だ。

「彼とは昔からの友人なんです。結婚したって話は彼からも聞いていたんですが……。ますます申し訳ないな。それから、この状況で言うのもなんですが、ご結婚おめでとうございます」

まさかここで祝いの言葉を頂戴するとは思わなかったが、柚花は小さく頭を下げる。

内心ではあれこれ考えを巡らせていた。自分はともかく、玉城が柚花の名前も顔もはっきり知らなかったのは、結婚式などを挙げていないからだろう。結婚して、まだ一ヵ月だと聞いているし、むしろ挙げる予定はあるんだろうか。

そこで玉城が再び佳代子に向き直った。

「ご主人にもお詫びを、と思っていましたが、連絡先などは聞かなくても大丈夫ですね。柚花さんのお体に障《さわ》ってもなんですから、今日はこの辺りで失礼します」

「すみません。お気遣いありがとうございました」

退出する間際も、玉城と敏子それぞれに改めて謝罪の言葉を述べられた。

そして病室が静かになり、佳代子が緊張を解くように長く息を吐く。

「あなたもとんでもない人を助けたわね。玉城さんの家は代々会社を経営しているらしく、相当なお見舞い金の額をおっしゃってきたから、丁寧にお断りしておいたわよ。まあ、後は怜二さんにお任せしましょうか」

柚花は内心、複雑だった。自分が階段から落ちた原因が判明してホッとした一方で、思い出せない気持ち悪さにムカムカする。

なにより気になるのは、敏子からかけられた言葉だ。

「明日、退院だけどどうする？　自宅に送りましょうか？　それともしばらくうちに来る？」

「えっと……」

不意に佳代子から明日のことを問われ、目をぱちくりとさせる。

「怜二さんとも相談しておいてくれる？　うちはどちらでもいいから。ただ、彼はお仕事が忙しいみたいだから迷惑になってもね」

「そう、だね」

視線を落として静かに答えた。やはりなにか小さな刺が心にチクチクと刺さる。

「ぼーっとして足を踏みはずしたわけじゃなかったんだな」

昨日に続き、面会時間ギリギリに今日も怜二は病室を訪ねていた。玉城から連絡があったらしく、事の顛末《てんまつ》を改めて柚花と話しながら、からかい交じりに話を振ってくる。それにいちいち腹を立てもせず、柚花は素直に尋ねる。

「意外ですか？」

すぐに『そうだな』と続けられると予想する。さらに冷やかされるところまで想定済みだ。けれど怜二は穏やかに笑った。

「いいや。むしろお前らしくて納得したよ」

彼の答えに、表情に、柚花の心がざわめきだす。息苦しさを感じてシーツをぎゅっと握った。そして静かに問いかける。

「社長の好きな食べ物ってなんですか？」

「なんだ？　急に」

柚花からの突拍子もない質問に、怜二は意表をつかれた顔になった。

「いいから。答えてくださいよ」

感情を乗せずに返答を促すと、怜二は考える素振りを見せる。左手をなにげなく口元に持っていった。

「特にこれっていうのはないけどな。好き嫌いはあまりない」

期待していた回答ではなく、柚花はわずかに肩を落とす。とはいえ、怜二が嘘をついているとは思えないし、つく必要だってない。

（それなら私は、彼のためになにを作ろうとしていたの？　社長の好きなものって？）

考えても見つからない答えに、別の角度から聞いてみる。

「敏子さんに聞いたんですが、私たち、喧嘩してたんですか？」

その言葉に怜二は顔を強張《こわば》らせる。見つめていた柚花から逃げる素振りで、ふいっと視線を逸らした。

「喧嘩ってほどのことじゃない」

「聞いたところによると、私が悪かったみたいです。ごめんなさい」

（敏子さんに、私は『自分が悪かった』って言っていたんだよね）

そうなると、覚えていないとはいえ、やはり謝っておきたい。

怜二は柚花の謝罪を拒否するように、わずかにかぶりを振った。

「謝らなくていい。お前が悪いわけじゃない」

「じゃあ、社長が悪いんですか？」

「そうかもな」

あまりにもあっさりと肯定され、柚花は虚をつかれる。さらに、どこか切なそうに怜二が顔を歪めたので、わざとらしくおどけてみせる。

「……新婚早々、浮気でもバレました？」

「お前なぁ」

どっと脱力して怜二は肩を落とした。雰囲気が切り替わって、内心で安堵するが、対する怜二は苦虫を噛《か》みつぶしたような顔になった。

「浮気なんてするわけないだろ」

あまりにもきっぱりとした言い方に、柚花は純粋に感心してしまう。

「社長って思いのほか、真面目だったんですね」

浮気云々《うんぬん》はもちろん冗談半分だ。でも、怜二が女性に困る男性ではないのを柚花だって知っている。彼との記憶がないとはいえ、そういった類の噂は散々聞いていた。それこそ自分とは正反対の、華があって上品な美人ばかりと一緒にいる、と。一途な印象は正直ない。

そこで柚花の胸がわずかに痛んだ。この痛みにどこか覚えがあって、わけがわからなくなる。

「真面目とかそういう問題じゃない。他の女に興味もないし、どうでもいいだけだ」

柚花は大きく目を見開く。怜二は前髪をくしゃりと掻き上げた。彼のなめらかな黒髪が、崩れることなく滑り落ちる。

続けて、柚花をじっと見つめてしっかりと言い聞かせる。

「俺にはお前だけだ。結婚までしておいて、失うような馬鹿な真似《まね》はしない」

本気とも冗談とも取れない声色に、柚花の方がどぎまぎする。

「う、失うって、大げさですね」

「現に記憶はぶっ飛んだけどな」

「私だって、好きで記憶をなくしたわけじゃないですよ」

むっとして口を尖《とが》らせると、怜二はかすかに顔を綻ばせた。

「そうだな」

その表情から目を離せずにいると、怜二はさらに柚花の頬に手を伸ばしてきた。

「とはいえ、本当にそれだけで済んで、無事でよかった。お前にとっては大事《おおごと》だろうが。基本的にお前は変わらないからな。俺はあまり気にしていない」

「わ、私は気にしますよ」

いちいち反論するものの、柚花の中では怜二の言葉をどう受け止めていいのかわからずにいた。うまい切り返しも思いつかず、ただただ乱される気持ちに翻弄されっぱなしだ。

触れられているところが妙に熱くて、火傷《やけど》しそうだと本気で思う。その前に心臓が壊れてしまうかもしれない。

でも嫌ではなかった。男性にこうして触れられること自体、今までほとんど経験したことがないのにもかかわらず。

やはり柚花の中で怜二の存在は特別だった。けれど、具体的に彼に向いている気持ちははっきりしない。

柚花が伏し目がちになると、怜二が身を乗り出して、彼女との距離をさらに縮めてきた。この後の展開が察せられないほど、柚花も子どもではない。

ぎこちなく瞳を閉じて、彼に身を委ねようとした。ところが、唇が触れるかどうかの微妙な距離で、柚花の中のなにかが口をついて出た。

「あのっ」

声をあげたおかげで、甘やかな空気も吹き飛ぶ。至近距離で怜二と目線が交わるものの、勢いを崩さずに続ける。

「伯母から両親の話を聞きました。あっちで新規店舗を展開するのに、社長にお世話になったって。ありがとうございます」

これは今しなくてはいけない話でも、急ぐ話でもない。空気が読めていない自覚もある。だからなのか、怜二の表情が微妙に陰り、静かに柚花から離れた。

「たいしたことじゃない。これからヨーロッパとの繋がりは強化していきたいところだったし、現地の人間の持つネットワークやコミュニティは貴重だからな」

怜二の言い方が妙に理屈っぽく感じたのは気のせいか。天宮グループとしてはさまざまな分野を手広く手がけているので、まったく関係ないとも言いきれないかもしれない。

「でも、少なくともうちの会社とパティスリーを経営している両親とは、畑違いもいいところだと思うんですが……」

「妻の両親の事業に手を貸すのに、分野はあまり関係ないだろ」

さらっと怜二の口から『妻』という言葉が飛び出し、柚花の意識はそちらにすべて持っていかれる。慣れない単語に勝手に照れていると、彼が話題を変える。

「ひとつ、いいか？」

「なんでしょうか？」

このタイミングでなにを言われるのかと肩に力を入れると、怜二は少しだけ怒った顔になった。

「記憶がないとはいえ、『社長』呼びはやめろ」

先ほどの『妻』発言も合わさり、怜二の指摘に柚花は慌てた。確かに戸籍上、柚花は怜二の妻であり、夫婦だから役職呼びは妙だ。

「すみません。そうですよね、結婚したのに……」

「お前は結婚する前から俺のことを名前で呼んでいたけどな。むしろ今になって役職呼びされると、どうも落ち着かない」

柚花の考えを、怜二はあっという間に塗り替える。落ち着かないのはこちらも一緒だった。

「え。名前で呼んでいたって、付き合ってからってことですか？」

柚花の問いかけに怜二は表情を一転させ、口角をにっと上げる。

「それは名前で呼んだら教えてやる」

まるで交換条件だ。はぐらかされた気がして、柚花は膨れっ面になる。記憶がないのだから、むしろもう少し情報を与えてほしいところだ。

「なんで普通に教えてくれないんですか」

「お前が素直に呼べるように、お膳立てしてやってんだろ」

「わー。社長の優しさが身に沁《し》みます」

柚花のわざとらしい口調に、怜二は呆れた顔になった。

「呼ぶ気ないだろ」

「そ、そんなことありませんよ。……怜二、さん？」

どさくさに紛れて普通に呼ぶつもりだった。しかし、どうもうまくいかない。

（あれ？　なんか、思ったよりもずっと恥ずかしい）

その証拠に、強がったものの、柚花の声は弱々しくてぎこちない。彼の名を口にするのは初めてではなかった。佳代子と話をする中で、怜二を名前で呼んだりしていたのに、本人を前にするとこんなにも照れてしまうとは。

けれどあまり違和感はなかった。記憶はないのに、自分の声で耳に届いた彼の名前は、社長と呼んでいたときよりも柚花の耳にすっと響く。

怜二は自分から言いだしておいて、なにも返してこない。静まり返った部屋で、柚花は強く打ちつける心臓の音を聞きながら彼からの反応を待つ。

そして怜二の口が緩やかに動く。

「……まぁ、及第点だな」

「名前を呼ぶのに、点数とかあります？」

条件反射でツッコんでしまう。緊張していた自分が馬鹿らしくて文句を言おうとするも、それは声にはしなかった。

言葉とは裏腹に、怜二が優しい表情でこちらを見ていたからだ。

「そういや明日、退院だろ？　都合つけて迎えに来る」

「い、いえ。大丈夫です。伯母に話していますし。その、お忙しいでしょうから」

突然話題が切り替わり、柚花は真面目に答えた。そこで自分の言葉に、昼間の佳代子の台詞が脳裏をよぎる。

『ただ、彼はお仕事が忙しいみたいだから迷惑になってもね』

（迷惑……）

なにかを言おうとしてそれを呑み込み、ぐっと唇を噛みしめた。そして極めて明るく返す。

「私は大丈夫ですから。それに、そのまましばらく伯母のところで厄介になろうと思います。こんな状態ですし」

小さく言い放ち、怜二の返事を待つ。すると彼は軽く肩をすくめた。

「そうだな。俺を忘れているお前としては、知らない男同然の俺と一緒にいるより、そっちの方がいいだろ」

なにも傷つく必要はない。言いだしたのは柚花の方で、怜二は柚花の意思を尊重して気遣っただけだ。

それなのに、柚花の心はどうしても晴れない。むしろ後悔にも似た苦い感情が胸に渦巻いていく。

(私は、彼にどうしてほしかったの？　なんて言ってほしかったの？)

自分勝手だとは思うが、はっきりとした答えが出せない。

あれこれ考えるよりも先に睡魔が襲ってくる。瞼が重たくて、うとうとし始める柚花に怜二は寝るよう言ってきた。おとなしく従い、柚花はベッドを倒す。

そして視界の端に怜二を捉えた。彼と距離ができたことがなんだか寂しくなり、右手を少しだけ浮かした。

特に言葉にしなかったが、怜二は優しく柚花の手を握る。伝わってくる体温に、柚花の気持ちが落ち着いていく。

(不思議。自分からこうして彼を求めるのも、触れられて心が和らいでいくのも)

「ありがとうございます……怜二さん」

目を閉じて、消え入りそうな声で彼の名前を呼ぶ。

(さっきよりも、きちんと呼べたかな?)

そばに怜二の気配を感じるのに、もう目を開けられない。

かすかに唇に温もりを感じて、柚花の意識は沈んでいった。

記憶のカケラ　ふたつめ

初めてバーを訪れてからちょうど一週間後の金曜日、柚花が半信半疑で再びリープリングスを訪れると、怜二は帰り際に言っていた通り、本を持ってきていた。彼は約束は守る人間だった。

まとめて渡されるのかと思えば、差し出されたのは意外にも一冊だけ。読むのはそこまで遅くない柚花だが、一冊が分厚いので荷物を増やしたくないからなのか、と勝手に納得する。

じっくり読むには、それくらいでいい。特に不服を唱えることもしなかったので、ふたりの本の貸し借りは毎週金曜日にここで一冊ずつが当たり前になった。

おかげで、柚花は毎週欠かさずバーに足繁く通うことになる。本の続きが気になるのはもちろん、店の雰囲気が素敵でお酒が美味しいのも大きな理由だ。

怜二は遅くなる日もあったが、基本的に金曜日には顔を出した。

彼が決まって注文するのはスコッチ・ウイスキーで、琥珀色《こはくいろ》の液体が注がれたグラスにマイペースに口づけながら、一番奥の席で本を広げるのが定番だった。そして一本だけ煙草《たばこ》を吸っていく。

対する柚花は、近藤に任せてオリジナルのカクテルを作ってもらうのが楽しみで、いつもアルコールを飲むのはその一杯だけだ。怜二と少し間を空けて座り、借りた本にパラパラと目を通す。

お互いのここでの過ごし方が、徐々にわかっていく。相手の好みや興味のあることなども。

本を貸してもらっておいてなんだが、柚花としては毎週ここで怜二と顔を合わせるのが不思議な気持ちもあった。

(社長って、もっと忙しい存在だと思っていたんだけど)

指摘してみると『残業してあくせくと働くのが業績上昇に繋がるとは思えないし、上の人間がそういう働き方をしていたら、下の人間も倣わないとってなるだろ。そういう悪循環はいらないし、結果は出している』との回答があった。

確かに、天宮ソリューションズＬｔｄはシフト制ではあるものの、基本的に残業はほとんどない。部署によっては裁量労働制も実施しており、働き方に関しては意外と自由で、福利厚生面などもしっかりしている。

会社に縛られるのではなく、社員の能力と個々を大事にしている。そういった社風の会社だから離職率が低く、社員たちの仕事に対するモチベーションも高い。

『先方からは、この時期に大事な仕事のメールを送っても〝夏季休暇中だから○○日までお返事できません〟って悪びれもせず自動返信メールが届くんだぞ。個人ではなく会社のアドレスで！』

いらいらしながら話す怜二に柚花は苦笑した。先方というのは日本の企業ではなく、今、会社としてメインでやり取りしているドイツのプロジェクトチームのことだ。

愚痴交じりのやり取りさえ交わすほどに、ふたりの距離は社長と社員の立場よりも少しだけ近くなっていた。


八月に突入し、外では暑さに加えて蝉《せみ》の声がうるさく夏を主張する日々。気温はもちろん、柚花としては日焼けの方が気になる。色白な肌は羨ましがられたりもするが、実際には太陽の光に弱いといった事情があるのだ。

一週間の仕事を終えて日が沈んだ後、今日も穏やかな空間に身を置く。初めて柚花がリープリングスを訪れてから一ヵ月が経とうとしていた。

「あんなところで終わるんですもん。シンディはこの巻でどうなるんでしょう？」

「言っていいのか？」

「あ、駄目。言わないでください。今回は帰ってじっくり読むんです」

第一印象がお互い最悪だったわりに、共通の話題もあって柚花と怜二はすっかり打ち解けられた。だいたいいつも、借りた本を返すついでに柚花が本の感想を述べ、それに怜二が適当に相槌を打つ。まさしく今もだった。

柚花も本好きだと自負していたが、負けず劣らず怜二も相当な本の虫だった。読むジャンルも多岐に渡っており、話すたびにそこから派生したおすすめの本などを挙げられる。

おかげで柚花の読みたい本のリストが増えていく一方だ。たまにふたりの会話に近藤や他の客が加わることもあり、さらなる盛り上がりを見せたりもする。

だからか柚花はときどき、自分の話している相手が自社の社長だと忘れそうになることがあった。

「あの……怜二さん」

これもひとつの原因だ。

二回目にバーで会ったとき、『社長』と呼びかける柚花に、怜二は渋い顔を見せたのだ。

＊＊＊

「ここで、社長って呼ぶのはやめろ」

「やめろと言われましても……」

困惑する柚花に近藤がさりげなく助け船を出す。

「この前、柚花ちゃんが帰った後、島田さんと一緒にからかったからな。『怜二が社長とは、俺たちも年を取るはずだ』って」

近藤と島田は元々、怜二の父親と長年の知り合いだった。若いときから付き合いがあり、そのために怜二のことは幼い頃から知っているのだ。そんな彼らの前で『社長』と呼ばれるのは、怜二としてはどうもむず痒《がゆ》い。

そういった事情を聞いて納得したものの、柚花はやはり困った。

「なら、なんとお呼びしましょうか？　天宮さん？」

「それはここでは親父のことだから、名前でかまわない」

「えっ……」

目を丸くする柚花に、近藤が大きく頷《うなず》いた。

「大丈夫、柚花ちゃん。俺が許す。こいつのことは好きに呼べばいいよ。なんなら親しみを込めて『怜ちゃん』って呼んでやれ」

冗談にしても、さすがにそこまでは恐れ多くてできない。怜二に視線を向けると、整った顔が嫌悪感で歪んでいた。しかし言い返せないところが、ここでの彼の立ち位置を表している気がして、柚花は少しだけ微笑ましく感じる。

そこですぐに軽く頭を振って、考えを切り替えた。

「すみません。では、ここでは社長を怜二さんと呼ばせていただきますね」

「こっちが言いだしたんだから、謝らなくていい」

ぶっきらぼうな言い草なのに、嫌な感じはしなかった。むしろ照れ隠しに思えて、つい笑みをこぼしてしまった。

＊　＊　＊

こういった経緯があり、柚花はここで怜二と会うとき限定で、彼を名前で呼んでいる。会社でもほとんど顔を合わせないので、怜二に『社長』と呼びかける機会もなかったが、自分の立場を考えると、とんでもないことをしている気がする。

それも実は最初だけだった。ここで会って怜二と本の話を始めると、柚花は彼への遠慮や自分の立場などを忘れ、つい夢中になってしまう。

「やっぱりヒロインであるルチアは魅力的ですよね。どんな困難にも心折れず、いつも明るくて前向きで、私の憧れです」

「トラブルメーカーだけどな」

「だからいいんじゃないんですか。彼女がいないと話が進みませんよ」

リープリングスのヒロインであるルチアは、貴族の家に生まれながらも自由奔放な恋知らずのお嬢様だ。対するヒーローの名はマーティン。ルチアの兄の友人で元軍人、今は警察官という設定だ。このふたりが協力し、事件を解決していくのが物語の大まかなあらすじだったりする。

「ルチアとマーティンの恋愛模様が、このシリーズの一番の見どころだと思います」

「ゲストキャラを含め、登場人物たちの複雑な心情が絡み合った人間模様が面白いんだろ」

「え。怜二さんって難しい読み方しますね」

「お前が単純なだけだ。作者であるヘレナは、善や悪と簡単に割り切れない心の機微を書くのがうまいんだよ。『水の底にある真実』とかはその真骨頂だろ」

覚えのあるタイトルを口にされ、柚花は脳内で内容を引っ張り出してくる。同じ作者繋がりで読んでみたが、サスペンス色が強かった。

「ああ、あれは面白かったですよね。最後のどんでん返しに背筋が凍る思いでした。でも後味があまり悪くないのはよかったです」

「そういうところだって」

なんとなく怜二の言いたいことが伝わり、柚花は「なるほど」と呟いた。

（ああいう作品が好きなんだ）

もう一度読み返したい作品ではなかったが、せっかくなので本棚の奥から探してみようと密かに思う。

そのとき控えめな笑い声が聞こえてきた。視線を前に向けると、グラスを拭《ふ》きながら近藤が相好を崩している。

「怜二とここまで本の話題で盛り上がれる相手がいるとはね。本の話をしているからか、怜二と柚花ちゃんがリープリングスの主役ふたりに見えてきたよ」

どういう意味で受け取っていいのか、微妙に迷うところだった。すると怜二が先に返す。

「やめろよ、近藤さん。トラブルメーカーとはいえ、ルチアは賢くてもっと美人だ」

「あ、言いましたね。それを言うならマーティンは怜二さんより……」

反射的に言い返そうとしたものの、柚花は言葉を詰まらせる。

（なに？　カッコいい？　でも怜二さんも充分に目を引く外見だし）

聡明《そうめい》なのは共通しているところだ。逆に怜二はマーティンに少しだけ似ている気がした。

作中の彼は、いつもクールであまり感情を表に出さない。ヒロインであるルチアにも冷たい印象だ。しかし、いざというときは優しくて彼女を大事にする。

そのギャップに、虜《とりこ》になるファンも少なくはない。現に柚花もそのひとり。男女共に人気を集める作品は、話もキャラクターも魅力的だ。

今は微塵《みじん》もそんな気配はないが、最終的には主役ふたりがくっつくと信じ、柚花は読み進めている。

悩み抜いた挙句、改めて怜二に視線を送って、口を開く。

「マーティンは怜二さんよりも硬派で、女性に対しても真摯ですから」

「その台詞、今持ってる本を読んでからも言えよ」

「え、嘘⁉　……って、ネタバレやめてください」

悔し紛れにつっついたところで、思わぬ切り返しを食らう。今日借りた本のページを今すぐ捲りたい衝動を柚花はぐっと我慢した。そして溜《た》めている気持ちも合わさり、大きく息を吐く。

「女性嫌いなのに、なんで女の人と付き合うんですか」

「向こうから寄ってくるんだからしょうがないだろ。遊びと割り切ってるなら別にいい。それ以上を求められるのは鬱陶しいし、あいにく結婚願望もない」

吐き捨てるような怜二の言い分に、眉尻を下げた近藤が口を挟む。

「天宮さんが聞いたら泣くぞ。いい縁談を持ちかけてもまったく興味を示さないし、〝あの一件〟でもう諦めたって」

咎《とが》める感情より、残念さが込められた口調だ。意味がわからないでいる柚花に、近藤が怜二に目配せをしながら端的に説明する。

結婚に対して前向きな姿勢を見せず、それらしく付き合っている相手もいない息子に、両親が世話を焼いたのが始まりだった。父親に言われ、親交のある会社の社長令嬢と渋々会う羽目になったわけだが、気乗りしない本人をよそに、先方の令嬢がひと目で怜二を気に入り、熱を上げてしまったのだ。

初対面にもかかわらず、結婚後の生活まで語りだす彼女に怜二は唖然《あぜん》とするばかりだった。両親の手前もあったので会ってはみたが、これっきりと密かに決めていたのに、そうは問屋が卸さない。気迫に満ちた表情で次に会う段取りを取り次ぐ彼女に、仕事が忙しいと曖昧な理由で返す。

すると彼女はとんでもない行動に出た。怜二の仕事のスケジュール、訪問先、普段プライベートで訪れる場所まで徹底的に調べ上げ、行く先々に現れたのだ。すっかり婚約者気取りの彼女に、さすがの怜二も背筋が凍った。

女性のあしらい方には長けている彼だが、そこまでされたときはさすがに参った。

その話を聞きながら、お金と権力を持つ人はやることが大胆すぎる、と柚花は他人事として思った。当の怜二にとっては笑えない話なので、口には出さないが。

最終的には波風を立たせないよう断ったものの、怜二の徒労感は半端なく、両親もあれこれ口出しはするが、縁談などを直接持ちかけるのは控える姿勢となった。

その出来事があってすぐに、ここで柚花と出会い、女性に対する不信感と嫌悪感が満ち溢《あふ》れる中であんな態度を取ってしまったわけだ。

「家まで押しかけられなくてよかったな」

「セキュリティは充分だし、そもそも女を家に上げたこともないし、上げるつもりもない」

はねのける言い方をする怜二に、話を聞くだけだった柚花がおずおずと口を開く。

「怜二さんは、結婚されるつもりはないんですか?」

「いずれはするさ。立場的にもしないと周りがうるさいからな。子どものことも言われているし。適当に相手は見繕う」

自分のこととは思えない冷めた返答だ。ここで柚花は珍しく、さらに踏み込んで尋ねてみる。

「適当に、で結婚できますか?」

「結婚自体は簡単だろ。婚姻届を書いて受理されたら成立だ。利害が一致さえすれば、結婚生活も難しくはない」

「柚花ちゃん、この最低男にひとこと言ってやれ」

まさかの近藤からの突然のパスに、柚花は一瞬まごつく。鋭い怜二の視線が投げかけられているから余計にだ。

「その……いいと思いますよ。どんなきっかけで結婚したとしても、それから恋をして相手を好きになればいいいんですから」

柚花の回答に、近藤と怜二は目を見開いて固まった。彼らの反応が理解できずに首を傾げると、近藤が豪快に笑いだす。

「そっか、そうだよな。恋ができる相手を見極めて結婚しないと。それくらいはやってもらわないとな」

柚花にというより怜二に対し、近藤はおかしそうに訴えかけた。言われた彼は途端に仏頂面になる。

「私、なにかおかしいことを言いました？」

「いやー。おじさんとしては、柚花ちゃんにはそのままでいてほしいところだね」

怜二の表情に不安を煽《あお》られ、近藤に尋ねたが、柚花の頭上にはクエスチョンマークが飛ぶ。すると隣から返事がある。

「お前はそうやって夢見がちな考えだから、結婚どころか彼氏のひとりもできないんだな」

「お、大きなお世話です！　それに、私っ」

言いかけて、慌てて口をつぐんだ。怜二の不審そうな視線から顔を逸らし、柚花はぐっと唾を飲み込んで調子を戻す。

「とにかく、今の私は自分の目標を達成するのに忙しいんです。……時間は限られていますから」

肩に力を入れて、強く決意して告げた。

仕事にも慣れ、二十六歳を前に、柚花は自分のやってみたいことを実行すると決めていた。バーへのデビューもそのひとつだった。

「バーに行ってみる、耳にピアス穴をあける、夜遊びしてみる、たくさん本を読む、旅行する……」

　このバーを訪れた理由を尋ねられたときに話した項目を、再度確認するかのごとく唱えた。

「夜遊びって、なにするんだよ」

　怜二が訝しげな顔で横槍《よこやり》を入れる。

「なにをしましょう。夜景を見に行くのもいいですし、夜限定のカフェとかに行ってみたり、星を眺めたりするのとかもいいですね。とにかく夜遅くに出かけたいんです」

　真面目に回答した柚花に、怜二が軽く鼻を鳴らした。スコッチの入ったグラスに口をつける。

「そりゃまた、たいした夜遊びだな」

「馬鹿にしないでください。私は本気なんですから」

「柚花ちゃんみたいな子は、そういうのをひとりでしない方がいいよ」

　まさか怜二だけではなく、近藤にまでやんわりと夜遊びを否定されると思っていなかった柚花は顔を青くした。

「え、え？　どうしてですか？」

「ほいほい誰にでもついていきそうだからじゃないか?」

隣からのツッコミに眉を寄せる。

「子どもじゃないんですから。なら教えてくださいよ。怜二さんはどんな夜遊びをしますか?」

その問いに、怜二はグラスを口に運んでいた手の動きを止めた。柚花はまったく曇りのない瞳で、彼をまっすぐに見つめる。

しばし迷う素振りを見せて、怜二はグラスを揺らしながら口を開く。

「お前と遊んでやってるだろ」

「……私、怜二さんに遊ばれていたんですね」

わざと仰々しく含んだ言い方をしてみると、案の定、怜二は不機嫌さを顔にも声にも表した。

「その言い方はやめろ」

「言われ慣れているんじゃないです?」

どう考えてもごまかした怜二の答えに、柚花はつい可愛くない切り返しをした。

「でも本当、柚花ちゃんが来てからこいつ、毎週ここに通ってるんだよ。前は一ヵ月に一回くらいだったのに」

　近藤の補足に、怜二を二度見する。柚花の視線を受け、怜二は気まずそうに目を逸らした。

「本の続きが気になる気持ちはわかるからな」

「すみません、わざわざ……」

　さっきまでの強気な態度はどこへやら。柚花はしおらしく身を縮める。そして、なにかいい案はないかと考えを巡らせた。

「おかまいなければ、一冊ずつではなく、もう少しまとめてでもいいですよ」

　まだ最終巻まで先は長い。柚花なりに、自分にできる精いっぱいの案を切りだしたが、怜二はあっさりと却下する。

「せっかくなんだから、大事に読めよ」

　そう言われてしまうと、ぐうの音も出ない。

（こういうところ、本当に真面目だよね）

　本好きだからというのを差し引いても、怜二のふとした気遣いに、柚花の心は掻き乱されてばかりだ。優しくされて戸惑う自分にうまく対応できない。

（きっと私が相手じゃなくても、怜二さんは同じ態度なんだよね）

　たまたま本の趣味が合っただけ。自分に言い聞かせて、なぜか物悲しさも感じてしまう。

　思考を振りはらい、ちょうどグラスも空いたので、このタイミングで近藤に声をかけて柚花は会計を済ませた。席を立つと怜二も腰を浮かす。

　最近、柚花が帰るのに合わせて怜二も店を出るのが当たり前になっていた。そして同じタクシーに乗って柚花を家まで送るのが一連の流れだ。

　最初に提案されたとき、柚花は恐縮して断固拒否したものの、『お前相手に送り狼《おおかみ》になるとでも思ってるのか？』と、あからさまに不本意だという顔で言われ、なにかが吹っ切れた。

　初めて会ったときの怜二の台詞もあいまって、怜二に対する遠慮や申し訳なさは瞬時に消え失せたのである。

　ただ、今日はそういうわけにもいかない。エレベーターに乗り込んだところで、柚花から怜二に声をかける。

「あの……本のお礼、なんらかの形でさせてくださいね」

「必要ない」

　素っ気なく返され、言葉に詰まった。どう返そうか迷っていると怜二が先に続ける。

「で、お前の夜遊びはいつする予定なんだ？」

脈絡のない問いかけに、柚花はすぐに頭がついていかなかった。どうして今ここで、その話を持ち出すのか。

「特に予定は決めていませんが……」

「するときは言えよ。付き合ってやる」

「どうされました？」

驚いて声のボリュームが上がる。まさかの申し出に混乱しかない。怜二は呆れた面持ちで、すげなく告げる。

「自分のところの社員になにかあったら、後味悪いだろ」

「だから、なんで私になにかあるのが前提なんですか！」

怜二の返事に、柚花はどっと項垂《うなだ》れる。

（なんだ、そういうことか。からかっているのか真面目なのかわからないけど、こんなふうに気遣うのは、私が社員だからなんだ）

近藤の手前なのもあるのかもしれないと、さらに考えを巡らせる。それでも、忙しく、女性に対する嫌悪感もある怜二がこうして言ってくるのは、きっと貴重だ。

考えを改め、彼に笑顔を向けた。

「ありがとうございます。でも大丈夫ですよ。怜二さんは社員思いなんですね」

怜二は意表をつかれた表情をしながらも、軽く笑った。

「今、知ったのか」

「はい。これからはもっと社長として敬います」

「敬うくらいなら、おとなしく言うことを聞いておくんだな」

軽快なやり取りに、柚花は笑った。それを怜二が優しげな瞳で見つめる。

もう深夜に近い時間帯。無機質なエレベーターの中は、どこか温かい空気に包まれていた。

困惑です、
どこまで私のことを知っていますか

（ここはバーでも家でもなくて……病院？）

夢現《ゆめうつつ》な状態で白い天井を見上げながら、柚花はうっすらと思う。けれど今しがた見ていた夢も、なにを思ったのかも、意識が覚醒したと同時に忘却の彼方《かなた》になる。

目を覚ましてからは、退院の準備でバタバタと慌ただしかった。

佳代子は朝一番で柚花の病室を訪れ、部屋の片づけや細々とした退院の手続きを進めていく。医師たちへの労《ねぎら》いに菓子折りまできっちり準備をしていた。

柚花は自分の支度だけを済ませ、最後に佳代子と共に、お世話になった医師や看護師たちに挨拶をしてから、病院を後にする。

次に病院に来るのは、経過観察のため二週間後だ。

空調の調節がきっちりとされていた病院を出れば、想像以上の寒さに身震いする。

佳代子の運転する車の助手席に乗り込み、流れる景色を目に映しながら柚花はしみじみと呟く。

「驚いた。冬だね」

「なに言ってるの。今年ももう少しで終わりよ」

道行く人々はコートやダウンなどを着込んで防寒対策を取り、街はクリスマスムード一色だった。柚花自身もピンクのチェスターコートを羽織っている。

病院に運ばれたときに着ていたらしいが、もちろん記憶にない。昨年に下ろしたものので、クリーニングに出して片づけたと思ったら再び身にまとっているとは、やはり感覚が妙だ。

『梅雨は通勤が面倒だし、嫌だな』とか、『このスプリングコートは買って正解だったな』など思っていたのが、つい昨日の出来事に感じる柚花にとっては、頭も体も〝今〟にまだついていかない。

そこで柚花は思い立ち、運転する佳代子に話しかける。

「伯母さん。私の家に寄ってくれる？」

「家ってマンションのこと？」

「え⁉」

当然のように聞き返され、逆に面食らった。柚花の反応を不思議に思いながらも、信号で車が停まったので、佳代子が顔を向けて付け足してくる。

「そう、怜二さんとのマンション。一度お邪魔したけど、広くて綺麗よね。あそこなら子どもが生まれても充分に部屋はあるし」

子どもという言葉に、柚花は必要以上に反応する。

（そうだよね。結婚しているんだから、子どもを考えるのだって当然で……）

「着替えとか、ある程度の荷物は持ってきているけど、なにか取りに帰りたいの？」

佳代子の質問に意識を戻すと、静かに首を横に振った。

「……ううん」

（そっか。私の家はもうないんだ）

ぽっかりと心に穴があいた気分だった。柚花が住んでいたのは、就職が決まったのをきっかけに借りた、会社から三駅離れたところにあるアパートだ。それなりに思い出もたくさん詰まっている。

引っ越した記憶もないので、つい最近まで帰っていたあの場所にもう帰ることはできないのだと思うと、さすがにショックを受けた。

「そういえば、怜二さんから本を預かってるわよ？」

「本？」

柚花の複雑な気持ちに気づくことなく、佳代子は話を進める。

「朝、出社前に柚花の荷物を持って家に来てくださってね。そのとき、柚花に渡してほしいって預かったの。後ろの席に置いてあるわよ」

言葉通り、視線を後部座席に向けると、茶色い丈夫そうな手提げ袋が置いてある。

柚花は体を伸ばして持ち手の部分を掴み、自分の方にたぐり寄せた。

意外と重さがある。中を覗《のぞ》けば新書二冊と文庫が三冊ほど入っていた。

「あ、このシリーズ新作出たんだ！」

中身を確認して、子どもみたいに声を弾ませた。

（前の巻を読んでからまだ一年も経っていないのに……って、半年分の記憶が抜けているからそう思うだけか。でも少しだけ得した気分かも）

自分でも単純だと思うが、落ち込んでいた気持ちがわずかに浮上する。

柚花の好きな作者の新シリーズや、まったく知らない作家のものもあったが、あらすじを読むだけで自分の好みだと判断する。文句なしのセレクトだった。

「『読むのに夢中になって休息を怠るな』って心配つきよ。愛されてるわねー、柚花」

佳代子の冷やかす声が横から飛んだ。

顔を赤らめながらも、これでひとつ怜二についてわかった。怜二は柚花が本好きなのを知っていて、さらには好みの系統まで把握している。

（愛されている、のかな？）

確信も自信も持てないのがなんとも悲しい。嬉しさよりも、込み上げてくるのは切なさだった。

柚花は袋に本を戻し、ぎゅっと抱える。

（私は彼のことを全部忘れてしまったのに）

そこで眠たさを感じ、眉間を手で押さえた。頭の中に靄がかかっているような気持ち悪さが消えない。

そっと目を閉じ、シートに頭を沈めてなにも考えないようにする。

車の微妙な振動は心地いい。吹き出し口から出てくる暖かい風の音が、やけに耳についた。


（暇だな）

佳代子の家に世話になり、三日が経っていた。カレンダーをちらりと確認すると、今日は金曜日。家の中でずっと閉じこもっていると、どうしても曜日感覚がなくなっていく。

仕事は大事を取って、年内いっぱいは休めることになった。事故で相手があるのも考慮されているのだろう。

しかし記憶がない以外は基本的に元気なので、どうしても時間を持て余してしまう。そうはいっても突然の眠気に襲われたりもするため、体調が万全と言えるわけでもないから困ったものだ。ちゃんと眠ったのに、目覚めたときには悪酔いした気分になることも多々ある。

記憶がジェットコースターのごとく頭の中を駆け巡って、膨大な情報が脳を錯綜《さくそう》しているのに、はっきりと覚えているものとしてはなにも蘇らない。

おかげで本を読んでもすぐに疲れてしまい、続きを早く読みたい柚花としては、大好きな読書もフラストレーションが溜まってしまう。

ソファに横になっていた体を起こし、時計を見る。もうすぐ昼どきだ。

そこで柚花は、ある考えに思い至った。佳代子に出かける旨を伝え、必要なものを持って家を飛び出す。

目指すのは会社方面だった。

太陽は昇っているものの、雲に隠れてあまり気温が上がっていないうえ、どこか薄暗い。冷たい風に肩をすくめる。

それでも駅まで歩きだした。お目当ては会社近くにある、お気に入りのパン屋だ。

フランス系統のパンに力を入れており、その味は現地の雑誌でも紹介されたほどだ。母が嬉々《きき》として雑誌の記事を送ってきたのを思い出す。

パリのシャンゼリゼ通りに並んでいるかのようなお洒落で広々とした店内は、白を基調にしていて天井が高く、ディスプレイにもこだわっている。

いつも焼きたてのパンのいい香りが店内に漂い、人々を幸せな気分にさせる。曜日ごとに限定のパンが売られていて、柚花は金曜日限定のブリオッシュアテットの大ファンだった。あれは絶対にこの店でしか食べられないと、強く確信している。

卵とバターを存分に使用していて、焼き上がった生地は黄金色《こがねいろ》で、ふかふかでリッチな見た目に反し、味はシンプルで飽きがこない。

ブリオッシュアテット自体はレギュラーメニューなのだが、金曜日だけはクリームやチーズ、ナッツやレーズンなどが入ったものが販売され、柚花は特にナッツ入りが気に入っていた。

パリジャンと呼ばれる小さなフランスパンタイプのものを使ったサンドイッチと、限定のブリオッシュアテットを購入するのが、金曜日の昼食の定番だったりする。それ目当てに、怒涛《どとう》の金曜日の午前中は仕事を頑張れていた。

想像してよだれが出そうになる。早く食べたいなと思い、会社近くの最寄り駅を出て、急ぎ足でパン屋を目指した。道行く人々を誘う窓際のショーケースには、いつもぎっしりとパンが並んでいる。

ウキウキしながら、足が覚えている店の前で、ふと歩みを止めた。

(あれ?)

一瞬、自分の目を疑う。確かに見えてきたのはパン屋だ。でも並んでいるパンの種類が、外から見ても見慣れているものとは全然違っていた。確認すれば店名も変わっている。

(……潰れちゃったのかな)

どういうことなのか理解できずに、呆然と店内を見つめてたたずむ。そのとき、ふと声をかけられる。

「柚花?」

振り向くと、高校の同級生だった山崎奈々《やまさきなな》が、笑顔で手を振って柚花に駆け寄ってきた。

「久しぶり。お互い、近くで働いてるのになかなか会わないと思ってたら、このタイミングで会えたね」

製薬会社に営業職として勤めている奈々は、ショートカットの髪をやや明るめの茶色に染め、グレーのジャケットにパステルカラーのインナー、細身のパンツスタイルと、カジュアルすぎない仕事仕様だ。柚花とは、三月に他の友人も含めて集まって以来になる。

「元気？　今度ランチにでも行こうよ」

くっきりとしたえくぼは、ずっと変わらない彼女のチャームポイントだ。誘ってくる奈々に、柚花は調子を取り戻そうと必死になる。

「うん。行こう！」

極力、明るめの声で返して笑った。そこで奈々の視線が柚花の顔から逸れる。

「柚花……あんた、結婚したの？　それとも彼氏？」

彼女の目線の先が、なにげなく頭を押さえた柚花の左手にあった。結婚指輪をつけっぱなしにしていたのを今さら思い出す。

「これは」

「えー、ちょっと。なによ、教えてくれたらよかったのに」

奈々の声が一段と高くなり、興奮気味に柚花との距離を一歩縮めてきた。

「ご、ごめん。その、改めて報告しようとは思っていたんだけど」

「相手の人とはどこで出会ったの？　同じ会社の人？　いくつ？」

自分の会社の社長、とはなんとも言いづらい。出会ったのはバーらしいが、覚えていないのではっきりと答えることもできない。

返答を悩んでいる柚花に、奈々がさらに質問をかぶせてくる。

「どんな人？」

当然とも言えるその問いかけは、柚花の心を大きく波打たせた。

（どんな人、なんだろう。怜二さんって）

『そうだな。俺を忘れているお前としては、知らない男同然の俺と一緒にいるより、そっちの方がいいだろ』

（……知らない。全部忘れちゃったから。私、彼のことをなにも知らないんだ）

たかが半年だと思っていた。そこまで大きく変わっているものもないと、懸命に自分に言い聞かせていた。あまり悩んでもしょうがないから前向きに考えるしかないんだと。

けれどつきつけられた現実では、住んでいたアパートも、通い慣れたパン屋もなくなっている。結婚までしているのに、相手との出会いさえも覚えていない。どうして結婚したのかもわからない。

蓋をして押し込めていたものが濁流のように迫り、さまざまなものを流しながら柚花の心を濁らせて、覆っていく。

(私、ついていけない。置いていかれている。まるでひとりだけ世界から取り残されているみたい。……怖い)

「どうしたの？　顔色悪いよ？」

ズキズキと痛む頭を押さえて、柚花はうつむいた。奈々に心配をかけたくなくて、『大丈夫だよ』と笑って答えようとするも、うまくいかない。

気持ちを奮い立たせようとするのに反し、足元が崩れそうになる。

「柚花！」

名前を呼ばれたと思った瞬間、間一髪で後ろから強く両肩を支えられた。

「ったく、本調子じゃないのに、ひとりでふらふら出歩くな」

やや息を乱した怜二が柚花を見下ろしている。その端正な顔を、信じられないという表情で柚花はじっと見上げた。

「なんで……」

確かめる意味も込めて、柚花の頬に軽く触れてから、怜二は呆然としている奈々に視線を送る。柚花は慌ててこの状況を説明し始める。

「あの、彼女は高校のときの同級生で、久しぶりに偶然会って……」

しどろもどろになる柚花の言葉を受け、怜二は奈々に向き直った。

「はじめまして、天宮怜二です。突然すみません、妻がお世話になりました」

突然現れた怜二の存在に固まっていた奈々だが、怜二の自己紹介に対し、勢いよくこうべを垂れた。

「い、いいえ。こちらこそはじめまして、山崎奈々です。柚花さんの高校時代の友人で……このたびはご結婚おめでとうございます」

言い終えてから、こそっと奈々が柚花と目を合わせた。

「ごめんね、柚花。調子悪かったんだ」

申し訳なさそうな顔をする奈々に、柚花は首を横に振る。

「ううん。会えて嬉しかったよ。また連絡するから」

短いやり取りを交わして奈々を見送った後、怜二は改めて柚花に尋ねる。

「体調は？」

「大丈夫です。あの、どうして、私がここにいるって……」

「毎週金曜日の昼に、ここのパン屋に来てただろ。二ヵ月前に移転して、今はもっと大きいところでやってる」

柚花は目を丸くした。怜二は密着した状態から一度離れると、今度は柚花の左肩を抱いて歩くように促す。柚花はおとなしく歩を進めだした。

「にしても予想を裏切らないな、お前は。店が変わってショックのあまり泣いてるかと思えば」

「泣きませんよ」

からかう怜二に柚花は強気で言い放った。けれど、すぐにこっそりと下を向く。

本当は泣きそうになっていた。でも、それはお気に入りの店が変わっていたからではない。

(見つけてくれたから、私を。ひとりぼっちだって思っていたのに。怜二さんの顔を見たら、不安が全部吹き飛んじゃった)

その本音は口にはせず、内緒にする。

「とりあえず送っていく。昼食はまだなんだろ？　移転したとこに連れていってやろうか？」

怜二が向かっていたのは会社の駐車場だった。役員専用のエリアは広々としていて、時間も時間だからか、人の気配もまったくない。

「でも、怜二さん、仕事が忙しいんじゃ……」

「たいしたことない。年内の大きな仕事は、この前の出張でだいぶ片づいたからな。

それに、こんなときに妻を優先してなにが悪い？」

さらっと口にされた言葉に、柚花の頬が熱くなる。ちらりと視線を左斜め下に落とすと、肩に回されている怜二の左手には、やはり指輪がはめられていた。

それを見て柚花はある決意をし、足を止める。

「柚花？」

手が離れ、ぎゅっと唇を噛みしめてから、怜二をまっすぐに見つめた。

「なにも覚えていないから、私にとって怜二さんは自分の会社の社長っていうくらいの認識しかなくて、知らない人も同然なんです」

怜二は整った顔を歪め、複雑そうに柚花と向き合う。

「そうだな、だから――」

「だから」

怜二の言葉を遮って、柚花は力強く続ける。

「知りたいんです、あなたのこと。できれば思い出したくて。私、こんな状態ですけど……迷惑じゃなかったら、そばにいてもいいですか？」

心臓が早鐘を打つのを止められず、返事を待った。

「迷惑なわけないだろ」

言いながらか、言い終わってか、怜二は柚花を包み込むように抱きしめた。突然、先ほどの比ではないほどの温もりが伝わり、柚花は驚きでなにも言えず、瞬きしかできない。

「少し安心した。お前は俺のところにもう戻ってこない気がしてたから」

いつもの怜二からは想像もつかないほど、弱気な口調だった。だから柚花はあれこれ考える間もなく、口を開く。

「そ、そんなわけないでしょ！　自分で言ってたじゃないですか、私はあなたのものだって。怜二さんこそ、私たち、結婚してるんですから、簡単に私を見捨てたりしないでくださいね」

「見捨てるかよ。嫌でもずっとそばにいてやる」

プラスアルファの台詞つきで返され、もう押し黙るしかない。胸が締めつけられる痛みは、頭よりも重症かもしれない。

「ここ、外ですよ。離してください」

返答に困った柚花は、ぼそっと呟いて小さく抗議をした。

「外じゃなかったら、いいのか？」

「そういう問題じゃなくてですね……」

咎めようと顔を上げれば、柚花の目にはおかしそうに笑う怜二の顔が飛び込んできた。胸が高鳴り、思わず見とれてしまう。

「ほら、行くぞ」

こつんと額を重ねて告げられ、無言で頷くしかできなかった。

（記憶を失う前の私はどうだったんだろう。こんな彼とのやり取りは慣れっこだったのかな？　それとも、今みたいにいちいち胸をときめかせていた？）

一社員として柚花の持つ怜二のイメージは、社長として厳しくて、怖そうで、いつもなにかに怒っているのかな？と思うような人物だった。

ましてや彼が隣にいるのを許す女性は、華があって美人で、きっと仕事の話もできる人だろうと認識していた。自分とはまったく別世界の人間だと。

（どうして怜二さんは、私を結婚相手に選んだのかな？）

移転先は、駅から少し離れたところに位置していた。その分、店がまえも大きくなり、カフェスペースまでできている。

店内に入り、柚花は目を爛々《らんらん》とさせた。焼きたてのパンがずらりと並ぶコーナーと、今のおすすめの商品が客を出迎える。香ばしい香りが充満していて、購買欲も空腹も刺激される。

「新作のパンが、こんなに！　あ、ラズベリー入りのパン・オ・ショコラとか美味しそう」

「買うのは後にしろ。先に飯を食うぞ」

今すぐトングを取りそうな勢いの柚花を制して、怜二はなにげなく彼女の手を取った。本来の目的を思い出し、カフェスペースの方に足を向ける。ガラス張りになっていて、外にはテラス席まで設けられていた。

今の季節を考えると外は厳しいが、暖かくなったらいいかもしれない。佳代子には連絡を入れておいたので、ゆっくりしようとメニューを眺める。

ランチメニューはいくつか種類があり、一押しはバゲットを使ったサンドイッチに日替わりのサラダとスープ、ドリンクがついているものだ。

中に挟む具は数種類から選べる仕組みで、目移りしながらも決定する。

「焼きたてのパンを食べられるなんて幸せ」

「単純だな」

注文を終え、にやけながらひとりごとを口にする柚花に、怜二からは呆れた反応があった。今は上機嫌なのでいちいち気にも留めない。

「そういえば、本をありがとうございました。早速二冊ほど読みましたよ」

「気に入ったか？」

「はい。チョイスが私好みで驚きました。怜二さん、私が本を好きなの知っていたんですね」

『退屈だろうが、活字は我慢しろ』

病院で彼に声をかけられたのを思い出す。あれは自分が本を好きなのを知っていての発言だったのだと、合点がいった。

「『異端審問官』シリーズの最新作は、なかなか衝撃的だっただろ？」

「……そこまでわかります⁉」

確信めいた口調に、柚花はその場にそぐわない素っ頓狂な声を出した。読んだ本がどれかまでは言っていなかったのにもかかわらず、怜二がやけにはっきりと聞いてきたからだ。

怜二は自分の予想が当たっていたことに対してか、軽く口角を上げた。

「わかる。続刊の発売が遅れたとき、お前はめちゃくちゃ残念がってたから」

「そう、なんですか」

なにもかも見透かされているようで、どうもむず痒い。怜二はどこまで自分のことを知っているのか、わかっているのか。

ややあって注文した品が運ばれてきたので、プレートを受け取る。店のロゴ入りの紙に半分包まれ、具がこぼれんばかりに挟まれていた。

怜二のパンには、生ハムをメインにトマトとモッツァレラチーズがサンドされ、生のバジルが彩《いろど》りを添えている。

柚花の分はカマンベールチーズが丸ごとひとつサンドされ、そこにごろっと、粒も楽しめるブルーベリージャムがかかったものだ。

「いただきます」と嬉々として柚花は手を合わせた。ひと口頬張れば、パリパリの皮に、中はふかふかのパンが楽しめる。これは焼きたてならではの美味しさだ。

柚花のサンドイッチを見て、いまいち味の想像ができないらしく、怜二が怪訝そうに尋ねてくる。

「どんな味だ？　それ」

「絶妙な組み合わせで美味しいですよ。ジャムが甘すぎず、チーズの塩気にちょうどよくて。よかったら食べてみます？」

自然に差し出して、柚花ははたと気づく。いくらなんでもこれはない。口をつけた云々はあるが、こんな食べかけを勧めるのは。

　しかし、自分から提案しておいて引っ込めるのも気が引ける。どうフォローしようか柚花が言葉を迷ったところで、怜二の指が手に触れた。

「もらう」

　柚花の手から怜二の手にサンドイッチが移り、遠慮なく怜二は口に運んだ。豪快ながら上品さもあって、その仕草ひとつひとつに目を奪われる。

「意外とうまいな」

　感想を述べてから、かじられたサンドイッチが返され、柚花はあたふたと受け取った。そこで今の自分たちがどう考えても不釣り合いだと気づく。

　怜二は仕事だったのもあり、ブルーグレーのスリーピースタイプのスーツをきちっと着こなしていた。

　背の高い彼にはよく似合っており、艶のある髪はワックスで整えられ、目を引く顔立ちとあいまって、そこにいるだけで圧倒的な存在感があった。

　さっきから店内の視線を集めているのを本人は気づいているのか、気づいていないのか。

　柚花は自分の服装に視線を移した。パンを買いに行くだけだと思っていたので、そこまで格好に力を入れていない。紺のニットにオレンジ色のスカート、足元は仕事と兼用できそうなダークブルーのパンプスだ。

これにベージュのトレンチコートを羽織ってきた。言うまでもなく化粧も最低限。怜二との対比に今さらながら身を小さくし、サンドイッチを持つ手に力が入ってしまった。

「……私たちって、はたからはどういう関係に見えるんでしょうか？」

不安になってつい尋ねると、怜二はコーヒーカップに口をつけて、ためらいなく答える。

「夫婦以外にありえないだろ」

「なんで言いきります？」

「同じ指輪をしているのに、他にどう思われるんだよ」

（あ、そっか。そういう物理的なことか）

どうしてか寂しさに似た感情が湧き起こり、その原因もはっきりしない。柚花の気持ちはこんがらかる一方だ。

（……寂しいってどうして思うの？）

自分の心中はさておき、柚花は素直な感想を怜二に述べる。

「こんなことを言ったら怒るかもしれませんが、ちょっと驚きました。怜二さんって結婚しても、指輪とかをするタイプではないと思っていたので」

「いい女よけだろ」

ふっと笑った怜二の言い草はどこまで本気なのか、柚花にはわからない。しかしカップをソーサーに戻し、急に怜二が真面目な顔になった。

「正直、別に俺はどっちでもいいんだ。お前がつけていたら」

柚花は小首を傾げる。怜二の理論で言うならば、自分こそ指輪をつけるのはどちらでもいい気がする。あいにく、よけなければいけないほど男性にモテた経験もない。

そう言おうとしたところで怜二が先に動いた。

「ほら」

「なんです？」

「こっちも食べてみろよ」

予想外の申し出に、柚花の思考はシャットダウンした。むしろサーバーが落ちたとでも言うべきか。すぐに復活させ、脳をフル回転させる。それほど難しい内容を言われたわけではないのに、頭は混乱していた。

「なにか嫌いか？」

「い、いえ。違います。あの、じゃあ、いただきます」

心配そうに尋ねられたのを否定し、柚花は自分のサンドイッチを皿に戻してから、差し出されたものを受け取った。

(私も同じことをしたんだから、なにも意識することはない……んだよね?)

夫婦だって言われたばかりだからなおさらだ。自分からしておいて、相手からされると、ここまで動揺すると思わなかった。気持ちを静めるために柚花はぎこちなくも怜二のサンドイッチに口をつける。

現金なもので、あれこれ思い巡らせていたわりに、食べてみると舌は正直だった。モッツァレラチーズなので癖がなく、生ハムの味を邪魔せずにいい塩梅《あんばい》だ。バジルが生なのもいいアクセントになっていて食べやすい。

「美味しいですね」

「お前はもうちょっと肉つけろよ。ここ数日でまた痩せたんじゃないのか?」

「まあ、病院食って健康的ですから」

サンドイッチを返しながら苦笑した。少しだけ体重が落ちたのも事実で、柚花の華《きゃ》奢《しゃ》な印象に拍車がかかる。本人は標準的だと認識しているのだが。ただ、胸はもうちょっとあってもよかったのでは、と何度か思ったことがある。

ふと視線を感じて、きょろきょろと他のテーブル席に目をやる。おそらく彼女たちだろうと見当をつけた先では、柚花と同い年くらいの若い女性ふたりが、こちらを見てこそこそと盛り上がっていた。

彼女たちの目線を追えば、自分ではなく正面に座っている怜二の方に注がれている。当の本人は気づいているのか、まったく気にしていないのか。彼女たちがどんなやり取りを交わしているのか想像するまでもない。

自分よりもずっとお洒落に気合いが入っていて美人なことに、柚花は自然と背中を丸める。

「すみません、私、こんな身なりで」

たまらなくなって、小さく謝罪の言葉を口にした。

「は？　なんで謝るんだよ。ここは高級レストランか？」

理解できないといった感じの怜二に、つい笑みをこぼした。確かにドレスコードが必要なわけではない。ただ、たとえ高級レストランだとしても今の怜二なら充分に通用しそうだ。その差がどうしても苦しくなる。

「そうじゃなくて。社長である怜二さんの妻としては、ちょっと気を抜きすぎと言いますか、申し訳ない格好だなーって」

「気にする必要ないだろ」

「多少は気にしますよ。ただでさえ私は……その、怜二さんの好みじゃないですし、体型はどうにもなりませんけど、せめてお洒落くらいは……」

(あ、こんな当てつけみたいな言い方はよくない)

すぐに思い直し、最後は消え入りそうな声になった。

とはいえ、自分が怜二の隣に立つのに相応《ふさわ》しい外見ではないことを、柚花は充分に承知している。

それ以前に今の柚花は、なぜか自分は怜二の好みではないと、刷り込みレベルで思い込んでいた。

怜二はカップを置き、改めて柚花をじっと見つめる。

「肉をつけた方がいいって言うのは、好みとか柚花に不満があるとか、そういう話じゃない。真面目な話、さっきも思ったが抱いたときに不安になるんだ。壊しそうで」

神妙な面持ちと声で告げる怜二に対し、柚花は一瞬にして頬に朱を散らした。彼の言葉をどう受け取ればいいのか迷う。

(違う。そういうことじゃない。『さっき』って言ったから、怜二さんが言ったのは抱きしめるって意味で……)

雑念を振りはらい、恥ずかしさを飛ばすためにも、わざとらしく返す。

「簡単には壊れませんよ。頑丈なのが取り柄《とえ》ですから。これでも階段から落ちて骨折のひとつもしなかった女ですよ」

「それは頑丈というより運の問題だろ」

柚花はわざとらしくカップの縁に口をつけて気を紛らわす。それから他愛ない話を交わして、ふたりは席を立った。

本命だったお目当てのパンを買うのは忘れない。自分たちの明日の朝食用の他に、佳代子へもお土産《みやげ》として購入していく。つい、あれもこれもとトングを伸ばしそうになったところで、怜二のストップが入った。

「食べられる分だけにしとけ。あまり買いすぎるなよ」

「でもちょっとお店が遠くなったから、次はいつ来られるかわかりませんし」

トレイに綺麗に並べたパンを見て、言い訳めいたものを口にすると、怜二の手の甲がこつんと柚花の頭に軽く当てられた。

「柚花が望むのなら、また連れてきてやるから」

「ありがとうございます」

（すごいな、奥さんの特権って。怜二さんは元々、女性の扱いに慣れている人だったから、私に対する優しさも意識するほどのものでもないのかもしれない。こういうと

ころが女性が絶えない理由だったのかな？　……でも、今は私だけなんだ）
左手の薬指にはめられているお揃いの指輪が、強く思わせてくれる。

怜二と共にマンションに戻ると決めた柚花は、佳代子の家に一度寄って自分のものを取りに行く。怜二も佳代子に挨拶したいと言ったので、ふたりで車を降りる。電話で先に伝えておいたので、それほど多くない柚花の荷物はすでにまとめられていた。


「怜二さん、柚花をよろしくお願いします。柚花、日中ひとりで心配だったり、なにか困ったことがあったら、遠慮なくここに来るなり、連絡するなりしてね」

「すみません、奥村さん。またなにかとお世話になるかもしれませんが」

柚花の荷物を持った怜二が頭を下げる。自分の身内と怜二がやり取りするのを、柚花は不思議な気分で見守った。なんだか新鮮な光景だ。

「伯母さん、本当にありがとう」

「いいのよ、またね」

別れ際、玄関まで佳代子はふたりを見送り、朗らかに手を振った。再び車の助手席に乗り込み、柚花は背もたれに体を沈める。そして運転席に座る怜二の横顔をちらりと見つめた。

「怜二さん、なんだか家出した妻を迎えに来た夫みたいですね」

「実際、そんなもんだろ」

からかいを含んで言ってみると、あっさり肯定されたので、つい吹き出してしまう。

「そうですか。なら、迎えに来てくださってありがとうございます」

「お前くらいだよ、俺に迎えに来させる女なんて」

そうかもしれない。仰々しい言い方にますますおかしくなる。

「お手数おかけする妻ですみません」

くすくす笑いながらおどけてみせると、怜二が視線をよこしてきた。不意に目線が交わり、柚花は笑いを収める。

(どうしよう。きちんと謝るべきだったのかな)

怜二と目を合わせた状態で不安になっていると、彼の形のいい唇が動いた。

「妻を迎えに行くのは夫の務めだからな。お前が望むならどこへでも迎えに行く」

そう言って怜二は助手席の方に身を乗り出し、柚花の右手に自分の左手を重ねる。

それから空いた右手を伸ばして、柚花の頬に触れた。

「だから、お前はおとなしく、俺のところに帰ってくればいいんだ。……おかえり、柚花」

ただいま、って返せばいいだけだ。けれどどうしてか、このときは声にならなかった。胸の奥からじんわりと熱いものが込み上げてきて、息が詰まる。

首を縦に振るのが精いっぱいだったが、それでも怜二は嫌な顔ひとつせず優しく笑った。

車が走りだし、柚花は流れる景色に目を走らせる。いざ帰るとなったものの記憶がない自分にとっては初めての場所だ。どんなところなのか想像もつかない。ましてや異性である怜二と一緒に住むのだから、頭では理解していても気持ちが簡単には落ち着かないのも無理はなかった。

それでも、柚花は自分の決断を後悔はしなかった。

しばらくしてからたどり着いた先は、外観からしても高級感が伝わるタワーマンションだった。おかげで柚花は駐車場に車が停まっても、場違い感にシートベルトをはずせずにいた。

「降りるぞ」

「怜二さん、私は来るところを間違えたようです」

「間違えてないだろ。馬鹿言ってないでさっさと行くぞ」

車のドアを開ける怜二に続き、柚花は渋々とシートベルトをはずして車を降りる。

屋内の駐車場は充分なスペースが取られ、明るすぎない照明に照らされている車はどれも高級車だ。不安でどうしたって足がすくみがちになる。

「自分の家に帰るのに、なにをビビってんだよ」

「だって……」

そこで怜二がなにげなく柚花の手を取った。おかげですぐに意識がそちらに持っていかれ、柚花の心臓が跳ね上がる。自然と手を引かれて歩く形になった。

「あの、手を……」

「夫婦が手を繋ぐぐらいで、誰も気にしていないだろ」

平然と返されて、柚花は閉口する。

（遅い私に痺《しび》れを切らしただけで、怜二さんにとっては特に意味がないのかもしれない。……そうだとしても、ずるい。いつも私が翻弄されてばかりだ）

エントランスもホテルのロビーと見紛うほどの立派な造りだった。コンシェルジュの存在に、さらに圧倒される。

中年の落ち着いた男性は「おかえりなさいませ」と、ふたりにうやうやしく頭を下げた。マンションに来て出迎えがある経験など柚花にはない。

　相変わらず手は繋がれたままだった。上階用のエレベーターに乗り込み、増えていく数字を見ながら、柚花の心拍数も上昇していく。もしかしたら怜二と住んでいた家を見れば、なにかを思い出せるのではないかと心の中には期待もあったからだ。

　ところが広すぎる玄関を見ても、特になにもピンとくるものはなかった。

『お邪魔します』と言いかけて、思い留まり家に上がる。廊下を進み、リビングを目《ま》の当たりにして、唖然とした。

「……怜二さん、こんな広いところでひとりで住んでるんですか？」

「お前もいるだろ」

「でも、結婚する前から住んでいらっしゃるんですよね？」

「そうだな」

　ひとりでもふたりでも問題はまったくなさそうだ。ゆったりと取られたソファスペースに、ダイニングテーブルも合わせると数十人でホームパーティーができそうな広さがある。

　グレーとベージュを基調とした家具と、白い壁紙とのバランスは絶妙で、落ち着いた空間を作り出していた。窓と呼ぶよりはガラス張りの壁と呼ぶ方が合っていそうで、開放感がある。そこから見える眺めのよさは抜群だ。

部屋の中をうろうろして、あれこれ視線を散らす。部屋の外の薄暗くなった空を遠くに見つめると、怜二から声がかかる。

「柚花、他の部屋も案内する」

「はーい」

ジャケットを脱いでネクタイを着崩した姿にドキリとする。それを顔には出さずに、窓に張りついていた柚花は怜二の元に駆け寄った。

どれくらい部屋があるんだろうかと思いながらも、おとなしくついていく。怜二は意外にもひとつずつ丁寧に説明した。

キッチンはＩＨ完備で広々と使える造りになっている。収納性も抜群で家電も最新のものばかりだ。

今日買ってきたパンは、スチームつきオーブンで明日の朝温めて食べようと決める。それが密かに楽しみになった。

続けて案内されたバスルームは、ミストシャワーなどのさまざまな設備が装備され、ボタンひとつでジェットバスや泡風呂にもできる仕組みだ。

これはぜひ試してみたい、と柚花は胸を弾ませる。バスタブもゆったりと足を伸ばせるほど広い。バスルームの隣にはドレッサールームやランドリースペースがあった。

説明を受けながら実際に見ても、ここで暮らしていたと実感するどころか、夢のようだ。そして数ある部屋の中で、柚花の心を一番掴んだのは書斎だった。天井まで届きそうな本棚が壁に沿って並べられている。多くの本がジャンルごとに綺麗に整理されていて、怜二の生真面目さがよく表れていた。

部屋の真ん中にはくすんだ赤色のソファがあり、本を楽しめる仕組みになっている。

「すごい！　素敵な書斎ですね」

柚花は棚に並ぶ本に視線を走らせる。

「あ、『グレイス教授』シリーズもある！　しかも改訂前の翻訳じゃないですか。私、新訳よりも前の方が断然好きで……」

興奮気味に話して怜二の方を見れば、彼はドアのところで壁に背を預け、穏やかに笑っていた。

「どうしました？」

「いや、お前が初めてここに来たときと、あまりにも同じ反応をするもんだから」

怜二の指摘に、悪いことをしたわけではないのに、柚花はいたたまれなくなった。

（私ってやっぱり、怜二さんの言う通り単純なのかもしれない）

「そ、それにしても驚きました。怜二さん、こんなに本好きだったんですね」

「お前も大概だろ」

「そうかもしれませんが……。あ、そういう共通点で私たち親しくなったんですか?」

怜二は否定も肯定もしない。でも顔には笑みをたたえているので、柚花は素直に自分の意見で納得した。ひとつでも、怜二との関係が見えて嬉しくなる。

「ここにある本は好きに読んでかまわない」

「いいんですか?」

ぱっと顔を明るくさせ、部屋から出る怜二に続こうとしたときだ。柚花はある本を視界に捉え、声をあげた。

「リープリングス!」

確かめるように、しまわれている本のところまで近づく。

「このシリーズ、途中までしか持っていなくて……。怜二さん、全部揃えていたんですね」

先ほどと同じ調子で、嬉々として怜二に話しかける。ところが彼の表情は打って変わって、複雑そうな、どこか痛みを堪えているようなものになった。

「……それも好きに読めばいい」

ふいっと顔を逸らされ、部屋を後にする彼を柚花は慌てて追う。

(私、なにかまずいことを言ったのかな?)

聞けばいいのに、なぜかはばかられる。次に案内されたのは柚花の部屋だった。

パソコン、デスク、棚に並べられた小物たちはどれも間違いなく自分のものだ。敷かれたラグに見覚えはないが、柚花の好きなオレンジ色で、ふかふかしていて触り心地がいい。淡いピンクのソファは新品の香りがする。

怜二の書庫には到底及ばないものの、何年も前から使っている四段の棚ふたつには、馴染《なじ》みのあるラインナップでびっしりと本が並んでいた。

場所は違えど見慣れたものがあって、柚花はようやく安心する。それにしても自分のアパートの部屋よりも、こちらの方がはるかに立派だと思った。

そこで柚花は、肝心のあるものがないことに気づき、怜二に向き直る。

「怜二さん、ベッドはどこですか?」

「寝室はこっちだ」

なんの疑問も持たずに怜二についていく。そして案内された部屋のドアを開けて、柚花は首をひねった。

全体的にモノトーンでまとめられた寝室は、あまり余計なものがない。

ベッドサイドのテーブルには、ここでも本を読むからか、何冊か収納できるスペースがある。その上に備えつけられた間接照明もお洒落だ。

ただ、部屋には大きなベッドがひとつしかない。

「……ここ、怜二さんの寝室じゃないです？」

「お前の寝室でもあるだろ」

さも当然のように返され、柚花は固まった。怜二の言葉の意味を理解するのに数秒間を要する。

「えっと、じゃあ私たちって……」

気が動転するのを抑えて、頬を両手で包む。

夫婦なんだから同じ寝室で、もとい同じベッドで寝るのは、なんら不思議な話ではない。

むしろそこまで考えが回らなかった自分が抜けているのだと、柚花は心の中で自身を叱責する。勝手に顔が熱くなり、その様子を見ていた怜二から声がかかる。

「心配しなくても、俺はソファを使うから柚花がここを使えばいい」

「えっ、いや。それはさすがに……」

だからといって『一緒にベッドを使いましょう』と言えるほど割り切ることもでき

ない。

「しょうがないだろ。ベッドはひとつしかない」

怜二いわく、このマンションにはホテルとして利用できる来客専用のゲストルームが別にあるので、使っていない部屋はあるものの、基本的に自分の家に誰かを泊める必要はない。

おかげで寝るのは、ベッドかソファの二択になる。事情を説明されたところですぐに結論が出せず、ふたりはリビングに戻ることになった。


（どうしよう……）

ゆったりとバスタイムを楽しみ、体も心も満たされてほかほかの状態で出たのも束《つか》の間。今は直面する目の前の問題に、柚花の頭も心もずっしりと重かった。

リビングの大きすぎるソファに浅く腰かけ、息を吐くのと共にこうべも垂れる。

夕飯はマンション内にあるレストランで済ませた。本当は料理したかったのだが、冷蔵庫の中身があまりにもなくて断念したのだ。

そういえば病院に運ばれた際も、買い物に行くと出かけた途中だったのを思い出す。

柚花としては、料理は好きだからできれば作りたい。

明日はまず、近隣の散策がてら買い物だ。近いところの目標を決めたところで、現状にまた戸惑った。

今は怜二がバスルームを使っている。すぐには寝ないだろうが、彼が出たら、いよいよ結論を出さなくてはならない。

（私がここを使う、って言っても怜二さんは絶対に納得しないよね。かといって、元の持ち主をソファで寝かせて、私が使うのもなんだか……）

小さく唸《うな》り声をあげて、頭を抱える。本当に困った。

「柚花」

ふと背後から声がかかり、条件反射で背筋を正す。振り向けばバスルームから出た怜二がこちらに歩み寄っていた。

いつも整えられている髪は無造作に下ろされ、深いグリーンの襟つきパジャマを着ていた。あまりにも新鮮な格好に、柚花は不躾《ぶしつけ》も承知でじっと視線を送る。

「怜二さん、パジャマとか着るんですね」

「スーツで寝ると思ってんのか」

ソファの背もたれ越しに後ろに立つ怜二を、まっすぐに見上げた。

（若いって言ったら語弊があるかな。幼いというか。なんだか可愛いかも）

こんな怜二の姿を見られて、やはり自分は特別なんだと感じる。口元を緩めて、貴重な怜二の姿を目に焼きつけようとすると、ばちっと音がするほどはっきりと視線が交わる。そして眉をひそめて、怜二が柚花の髪に触れた。

「ちゃんと乾かしたか？　お前、いつも髪を乾かす途中で本の続きを読み始めるから」

「か、乾かしましたよ」

なにげなく触れられたことに、自分でも思った以上に狼狽する。怜二はソファを回り込んで前に来ると、柚花から少し間を空けて隣に座った。

彼を目で追っていた柚花は、この機会にと意を決する。

「……怜二さん、今日こそ包み隠さず話してもらいますよ」

「なにをだよ」

視線だけではなく、怜二の方に体も向けた。

「私とのことです。出会いから結婚に至るまでちゃんと話してください。はぐらかすのはなしですよ」

「別にはぐらかしてないだろ」

「じゃあ、なんで詳しく教えてくれないんですか」

どうしても詰め寄る口調になる柚花に、怜二は神妙な面持ちになった。

「あのな、記憶が飛んだおかげでお前の脳も混乱しているんだ。睡眠を欲するのもそのせいなんだよ」

眠くなる原因を不意に指摘され、柚花は顔を強張らせた。怜二は説明を続ける。

「だから、なくした記憶について事細かく説明するのが最良とは言えない。情報を入れすぎると、脳の処理が追いつかなくて幻覚を見たり、違う記憶を作り出したりするんだ」

わかりやすく理論的に説明されて、柚花は勢いを失う。そんな柚花をなだめるように怜二が遠慮がちに髪に手を伸ばし、指を滑らせてきた。

「医者にも言われているんだ。思い出させようと無理強いしたり、必要以上にショックを与えたりするなって」

「怜二さんと結婚しているっていう事実以上に衝撃的なことはありませんよ」

まっとうな怜二の言い分に苦しくなり、柚花はつい可愛くない切り返しをした。案の定、怜二の眉間に皺が刻まれる。

「そうか。なら、これ以上ショックを与えないためにも余計なことは言わない方がいいだろ」

「あ、すみません、失言でした。だから少しだけでいいので教えてください」

低い声で言われたが、怜二は柚花の髪に触れたままだった。おかげでつい軽口を叩《たた》き合う形になる。そこで怜二の手が離れた。

「記憶を失ったお前からしたら、もどかしいだろうし落ち着かないのもわかってる。ましてや知らない男と結婚してるんだ。でも無理はさせたくない。柚花を失うような思いは、もう二度としたくないんだ」

そう告げた怜二の顔がなんだか苦しそうに見えた。すごく心配をかけたのが伝わり、切なさで胸が締めつけられる。

次の瞬間、完全な無意識で行動を起こした。そっと腰を浮かして怜二との距離を縮める。

そしてほんの刹那、唇同士が触れ合った。

顔を離すと、これでもかというくらい目を見開いて固まっている怜二が瞳に映る。それを見て我に返った柚花は、自分のした行為を理解し、血の気がさーっと引いた。

「っ、キャー‼」

両手で口を押さえた状態で叫んだので、声はそこまで大きくなかった。しかし完全なパニックを起こし、卒倒しそうになる。

「ちょっと待て、なんでお前が叫ぶんだ」

された側の怜二の言い分はもっともだ。

「す、すみません。ごめんなさい」

柚花も、もうなにに対する謝罪なのか判別できない。うまく息を吸えないし、吐くのも難しくて、過呼吸を起こしそうになる。

（なんで、私……）

自分でも信じられない。恋愛経験もろくになく、さらには怜二との記憶もない状態で、自ら唇を奪うなんて。

彼にどう説明すればいいのか、フォローの言葉も浮かばない。

「別に謝ることでもないだろ」

しかし柚花とは対照的に、怜二はまったく動揺を見せずに冷静だった。おかげで柚花も少しだけ落ち着きを取り戻す。

「そうでしょうけど……」

（一応、夫婦だし。さらに怜二さんにとっては、きっとあんな接触、キスと呼ぶほどのものでもないんだ）

怜二との恋愛経験の差を見せつけられた気がして、まだ胸中に嵐が吹き荒れている柚花は、苦しさに顔を歪める。

とはいえ自分の取った行動を思い出すだけでも、穴があったら入りたくなる。この記憶だけでも抹消させてほしいと切に願った。自分の中からも、怜二の中からもだ。まともに怜二の顔が見られない。とりあえず深く頭を沈めた。

「すみません。今のはなかったことにしてください。できれば忘れてください」

お願いする言い方としては乱暴だ。でも今はどうしても勢いに任せるしかない。

「しない」

からかわれるかもしれない、と不安になっていると、返ってきたのは思ったよりもずっと真剣なものだった。柚花はおもむろに顔を上げる。

「もうなかったことにはしない」

意志の強い瞳に目を逸らせなくなる。今度は怜二が柚花との距離を縮め、右手を取った。

「自分からしたんだから、俺からしてもいいだろ」

額同士がくっつく距離で尋ねられ、怜二の瞳に映っている自分の姿を見つける。

返事はできなかった。拒否することも。

柚花の顔色を読みながら、今度は怜二から唇を重ねる。すぐに離れたが、その間柚花は目も瞑ることもできず、硬直していた。

再び至近距離で目が合い、訴えかける瞳に応えたくなって、柚花はぎこちなく目を閉じる。すると唇にもう一度柔らかい感触があった。

「嫌か？」

目を開けると、憂いを帯びた彼の表情に、柚花は心臓が破裂しそうなのを顔には出さないで、平静を装って答える。

「二回もしておいて、聞きます？」

「そうだな。でも正確には三回だろ」

意地悪な笑みを怜二が浮かべたので、柚花は心の中でこっそり安堵する。

（怜二さんはこっちの方がいい）

だから素直になれた。

「嫌じゃ、ない、です」

嘘偽りない気持ちだった。そもそも嫌なら自分からキスしない。無意識だったなら、なおさらだ。怜二のことを思い出せないのに。この気持ちはどこからやってくるのか、柚花自身もわからない。

怜二は慈しむように柚花の頬に触れ、キスを再開させた。角度を変えて何度も唇を重ね、触れ方にも緩急をつけていく。薄桃色の柚花の唇は彼からの刺激に翻弄される一方だった。甘噛みされたり軽く吸われたりして、そのたびにリップ音が耳につく。

恥ずかしさや、初めての感触に、身をすくめそうになる。でも拒否する気持ちはまったくない。それを伝えたくても言葉にできず、ただ従順な姿勢を見せるだけだ。

さっき自分から彼にしたものは、口づけと呼ぶほどのものではなかったのだと思い知らされる。

「柚花」

キスの合間に低く落ち着いた声で名前を囁《ささや》かれると、吐息を感じながら胸の奥も熱くなっていく。そっと目を開けて相手を窺《うかが》うと、こちらを見つめる瞳は心配そうで、優しくて、なぜだか涙腺を刺激された。

思いきって自分から怜二に身を寄せると、怜二は柚花の背中に腕を回した。より密着して続行されるキスに柚花はますます酔っていく。気づけば両足がソファに乗り上げ、抱きしめられる形になっていた。

(何回まで数えていられたかな)

頭の片隅で考えながら、もう数える気はなくなっていた。なにも考えずに怜二との口づけに溺れたくて、彼の温もりに集中したい。ただそれだけだった。

しばらくしてからキスを終わらせたのは怜二の方で、柚花はそっと目を開ける。距離ができたのが、なんだかすごく寂しく思えた。

「もう少し抱きしめていてほしいです」

怜二のパジャマを掴み、ストレートにねだってみる。気の利いた言い方は知らない。男女間の艶っぽい誘い方も。

けれど怜二は、からかうことなく柔らかく笑った。

「そうやって、お前は素直に俺に甘えてたらいいんだ」

包み込むように抱きしめられ、怜二の腕の中に柚花はすっぽりと収まった。怜二の温もりと爽やかな香りが鼻孔をくすぐり、伝わってくる心音が心を落ち着かせていく。

（こんなふうに彼を受け入れるのは、結婚しているから？　記憶をなくす前の私が彼を好きだったから？）

湧き上がる疑問の答えは見つからない。しかし、これが自然な流れなのだとしても、こうして怜二に触れられるのを選んだのは今の自分だ。

（怜二さんは、どうなんだろう？）

濡《ぬ》れた唇をきつく結び、怜二の胸に顔をうずめた。怜二は遠慮がちに柚花の頭を撫でる。

打ったところを気にしているのか、その触り方はどこかぎこちなかった。

（大丈夫なのに。激しいわけでも、深い口づけを交わしたわけでもない。抱きしめるのも、もっときつくでいい。そう――もっと、ちゃんと触れてほしかったの）

心の底からふっと湧いた考えは、今の自分のものなのか。

思考力が落ちていく。声ももう出せない。

温もりに包まれながら、柚花は瞼を閉じた。

記憶のカケラ　三つめ

立秋も過ぎ、暦上では九月は秋に分類される。しかし、実際には夏の勢いがまだまだ衰えないのが現状だ。まだ初旬なのもあるのかもしれない。

第一週目の金曜日、リープリングスには香ばしい香りが充満し、柚花はカウンター越しに中の様子を窺った。トースターが赤く光っているのが見えて、夕飯を食べた後にもかかわらず別腹が騒ぎだす。

「はい、お待ちどうさま」

紙袋に入っていたパンは、近藤の手によってお洒落な白い皿に盛りつけられ、見た目も美味しさもグレードアップしていた。

「ありがとうございます。すみません、私まで」

「いいよ。持ってきたのは柚花ちゃんだし、みんなでいただこう」

みんなと言ってもここにいるのは柚花を含め、マスターである近藤と、久々に一緒になった島田、そして怜二の四人だ。

島田はカウンターの真ん中の席に座っていた。怜二はいつも通り左の奥の席に腰かけている。初めて柚花がこのバーを訪れたときと同じ配置だ。

今、あのときと違うのは柚花だけだ。彼女は怜二の隣に座っている。彼と本の貸し借りをして、本の感想などを話すうちに、いつの間にかここが柚花の定位置になっていた。

好みじゃないうえ、女性嫌いの彼の隣に私が座っていいのか、と思ったこともあったが、怜二も特になにも言わないので気にするのはやめた。この位置で話しやすいのも事実だ。

そして今日、バーでパンが振る舞われているのには理由がある。先週ここで、柚花が金曜日によく通う馴染みのパン屋がもうすぐ移転になると話題になり、せっかくなので差し入れがてら、おすすめのパンをいくつか買って持ってきたからだ。近藤に渡すと、この場で温めてみんなで食べようと提案してきた。柚花は遠慮しようとしたが、島田も近藤に賛同し、せっかくなので素直にここでいただく流れになった。

柚花は最後に、シンプルなクロワッサンを選んだ。バターのいい匂いがたまらない。そこで皿の傍らに見慣れないカップが置かれる。胡桃色《くるみいろ》の液体がたっぷり注がれており、中身はすぐに察した。

「さすがにカフェオレボウルはないけど、これでいいかな」

「ありがとうございます」

近藤の笑顔に柚花もつられる。こういうなにげないところに近藤の気遣いや知識の広さを感じた。それはここを訪れる客層にも言えることだ。その証拠に島田も意味を察したらしい。

「フランスといえばカフェオレか。でも俺はエスプレッソをもらおうかな」

フランスでは朝食にカフェオレとパンの組み合わせが定番だ。それを知っていて、近藤はわざわざカフェオレを柚花に出したのだ。

続いて、島田のエスプレッソを準備しながら、近藤は怜二に声をかける。

「怜二はブランデーコーヒーにしてやろうか」

「いや、俺もコーヒーでいい」

近藤の提案を怜二はさらっと拒否した。島田がエスプレッソを待つ間に柚花に話しかけてくる。

「柚花ちゃんのご両親はパリでパティスリーを経営してるんだっけ？　あの激戦区で店を出すなんて、よっぽど腕が立つんだね」

「留学していた縁もありますし、『人と運に恵まれた』といつも父は話しています。おかげさまで系列店を出す話も進んでいるようで」

「そりゃ、すごい。お父さんは経営者としての才能もあるんだね」

島田の目尻に皺が刻まれる。柚花は苦笑してかぶりを振った。

「いいえ。父は作るの専門ですから。出資者の方がいらっしゃって。ヨーロッパで数々の日本のお店をプロデュースされている、すごい方なんですけど……」

「もしかして、岡村幸太郎《おかむらこうたろう》さん？」

「島田さん、ご存じなんですか？」

「知ってるよ。あの人、やり手だよね。近藤さんも知ってるさ、ねぇ」

同意を求める形で話を振られ、近藤は小さなエスプレッソ専用のカップと砂糖を島田に差し出しながら「ああ」と答えた。

「ヨーロッパの数多くの日系店に目をかけて、共同経営者になっているよね。先見の明がある人で、なかなか有名な資産家だ」

「父とほぼ同年代ですが、すごい人ですよね。父の作るスイーツの味を買ってくださって。私も何度かお会いしたことがありますが、いつもおおらかで気さくで……お世話になっています」

柚花はカップに口をつける。きちんと温められたミルクとコーヒーとの割合も絶妙で、まさしくカフェオレだ。

家で飲むときは、いつも淹《い》れたコーヒーに牛乳を多めに入れるだけなので、味の違いがよくわかる。

（こういうひと手間が大事なんだな）

ふと隣に視線を移せば、怜二の横顔が目に入る。今日の彼はいつもに比べると、どこか口数が少ない気がした。

「それ、私の一番のお気に入りで金曜日限定のブリオッシュアテットなんですけど、いかがです？」

「悪くないな」

「素直に美味しいって言ってくださいよ」

そうはいっても怜二はぺろりとパンを食べてしまったので、気に入ってはもらえたと結論づけて納得する。ややあって近藤が心配そうに柚花に話しかけてくる。

「柚花ちゃん、余計な気を使わなくてかまわないからね」

「いえいえ。気を使ったわけじゃありませんから。皆さんに食べていただきたかったので嬉しいです」

「いい子だなー、柚花ちゃんは。これで恋人がいないとは、世の男性は見る目ないな」

島田がわざとらしい口調で乗っかってくる。曖昧に笑う柚花に対し、近藤は軽く頷いた。

「毎週こうしてうちに来てくれるのはありがたいけど、若いんだからもっと遊んで、恋もしっかり楽しんだ方がいいよ。おじさんからのアドバイス」

「近藤さん、若い頃モテてたもんな」

「今も、と言ってくれよ」

「かなりの女泣かせだっただろ。人がいい分、今の怜二以上にたちが悪かったと記憶しているが」

「柚花ちゃんの前でなんてこと言うんだ」

近藤と島田のやり取りに、柚花はつい吹き出す。

「恋って難しいですね。あ、でも私もルチアに倣って『恋をするためのリスト』を作ってみたんです」

意気揚々として答えた。

『恋をするためのリスト』とは、作中で恋を知らないヒロインが、自分がどんな人を好きになるのかを書き出したものだ。簡単に言えば、好みのタイプを挙げたものとでもいうのか。

「へー。柚花ちゃんのリストの内容、気になるな」

「たいした内容じゃないですよ。ルチアに似ています。優しそう、誠実、真面目、煙草もギャンブルもしない、浮気もしそうにない。そして……〝なにより大事なのは、私と恋をして、すごく愛してくれることです〟」

最後の言い回しは、ヒロインの台詞をまんま拝借する。柚花自身も一番大切だと思うからだ。

「くだらないな」

ひとつひとつ指を折って告げた内容を、隣の男はあっさりと一蹴した。柚花は怒ることもなく、わざとらしく肩をすくめる。

「はいはい。ほら、心配しなくても私の好みのタイプだって怜二さんとは正反対でしょ？」

最初にここで出会ったときに言われた台詞に返すつもりで告げた。

「俺はギャンブルはやらない」

「そうですか、それは知りませんでした」

怜二を見ずに、抑揚なく返した。彼はなにも言わない。

社長に対してかなり砕けた態度ではあるが、最近のここでのふたりはこんな感じだった。とはいえ次に怜二から起こされたアクションは、さすがに予想していないものだった。

「なんですか？」

　怜二の方から伸びてきた手が柚花の頬に触れる。かと思えば、なぜかそこから軽くつねられた。

「なんとなく」

　ぱっと手は離れたものの、柚花の心は乱れるしかない。触れられた箇所を覆うよう柚花は自分の手を頬に添えた。

「ぼ、暴力反対です。会社に訴えますよ」

「揉《も》み消すから安心しろ」

「堂々と隠蔽発言ですか。はー、こうして下っ端社員の声など、世に出ることもなく消されるわけですね」

　仰々しくため息をつくと、島田が声をあげて笑う。わけがわからず近藤を見れば、彼の顔にも笑みが浮かんでいた。

「柚花ちゃん、今のはセクハラでいいんじゃない？　いい弁護士を紹介しようか。俺が証人になってやる」

「島田さん」

怜二が呆れた声で名前を呼んだが、島田はやはりおかしそうに目を細めている。

笑われている意味がよく理解できず、柚花はどうも居心地悪くなってしまった。敬うと言ったのに、社員が社長に対する態度としては第三者から見てもひどかったのかと不安になる。

調子に乗ってしまったと少しだけ後悔し、今日はここで会計をお願いした。

一杯だけアルコールを飲んでいたのもあり、カフェオレはパンのお礼だとサービスしてもらえた。あのカフェオレでも充分にお金が取れそうな代物だったので、柚花としては恐縮するばかりだ。

近藤にお礼を告げ、島田に挨拶してから店を出る。その流れで怜二も柚花に続いて店を出た。

そしてふたりになったところで、さっきの発言を謝ろうかどうか悩んでいる柚花に、怜二から声がかかる。

「おい」

先ほどの件でなにかを言われるのでは、と柚花はつい身がまえた。

「なんでしょうか?」

「この後、少し時間があるか?」

問いかけに質問が返ってきて、さらにはその内容が想像していたものとはまったく異なり、面食らう。

「ありますけど……え、怜二さん、まさか私が本気で訴えるって心配されてますか？」

「その話題はもう終わりにしろ」

怜二は嫌そうな顔で言いきる。どうやらそういったフォローのためではないらしい。髪を掻き上げ、重々しくため息をついた。

「夜遊びしたいんだろ。ちょっと付き合え」


（夜遊びって、なにをするんだろう）

特に断る選択肢もなかった柚花は、怜二に付き合うことにした。彼は柚花と同じタクシーに乗り込むと、行き先として会社を告げた。

（まさか、付き合うって仕事？）

あれこれ思い巡らせながらも、会社に着いてタクシーを降りると、怜二から自分の車に乗り換える旨が告げられる。確かに今日は珍しく怜二はバーでアルコールを口にしていなかった。

役員専用の駐車フロアに歩を進めながら、今になってプライベート感満載な気がして、柚花は緊張し始めた。とはいえ後には引けない状況だ。

「すみません、お邪魔します」

小さく断りを入れてから、助手席に乗り込んだ。すると怜二から呆れた声が飛ぶ。

「お前な、誘われたからって誰の車にでも簡単に乗るなよ」

「誘っておいて言います?」

その指摘は効いたのか、言葉を詰まらせた怜二に、柚花は続ける。

「大丈夫です、わかっていますよ。怜二さんはちゃんと信用していますから。自分の会社の社長っていうのもありますけど、それ以前に人として」

信用するに値する人物かどうか判断できるくらいには、怜二とは充分すぎるほどの時間を過ごせた。なにより自分の人を見る目を信じたかった。

「それに怜二さんが私をまったく異性として見られないと、初対面で宣言されていますし」

「あれは……」

おどけた口調の柚花とは対照的に、怜二はばつが悪そうな顔をする。柚花は笑った。

「いいですよ。気にしてません」

怜二はどこか不満そうな顔をしながらも、それ以上はなにも言わず車を発進させ、運転に集中し始めた。

しばらくして柚花はちらりと怜二を盗み見する。こうして見ると、悔しいけれどやっぱりカッコいいと思うのが本音だ。

すっと通った鼻筋に薄い唇。意志の強そうな瞳は他者を圧倒する力がある。広い肩幅と高い背丈は高級そうなスーツを着こなすのに申し分なく、長い指はハンドルに添えられている。

(この姿を今までここに座って、何人の女性が目にしてきたんだろう)

その考えに至って、柚花はふいっと窓の外に目をやった。

(怜二さんにとって、この誘いに深い意味はないんだ)

自分でも『異性として見られない』と告げたばかりだ。変に意識するだけ無駄だし、かえって失礼な気もする。窓に反射する自分の姿に言い聞かせた。

(そもそも私みたいな一社員が、社長である彼とこうしてプライベートで一緒にいること自体、奇跡なんだから)

時刻は午後十一時を回っていて、こんな時間にドライブなど柚花には経験がない。流れていく夜の景色にドキドキとワクワクが入り交じる。不安は不思議となかった。きっと隣にいるのが彼だからだ、とそこは確信が持てる。

舗装された広い山道に車が入ったところで、ようやく行き先に見当がついた。

「上山《かみやま》展望公園ですか?」

「単純なお前にはいいだろ」

「嬉しい。私、夜に行ったことないんです」

怜二の言い方さえ気にならず、柚花は純粋に喜んだ。

上山展望公園は、その名の通り、標高がわりと高い上山の山頂付近を整備した展望公園だ。そこから見渡せる景色は、ビルの上から見るものとはまた違って、人気を博していた。

桜とツツジの名所としても知られていて、春に友人とお花見がてら訪れた際に、夜景スポットとしても有名だと聞いていた。

金曜日の夜だからか、駐車場に車がちらほら停まっている。整備されたスペースに前向きに停めれば、フロントガラス越しに街が一望できた。

逸《はや》る気持ちを抑えて、シートベルトをはずす柚花に声がかかる。

「降りるのか?」

「降りないんです?」

大真面目な柚花に対し、信じられないという顔で怜二は眉をひそめる。

「暑いだろ」

一応、九月になったとはいえ、完全に夏が終わったとは言えない。まだ蒸し暑さが残るのは事実だ。

「でも日も落ちていますし、ここは高さもありますから。あ、怜二さんは待っていてください。少しだけ公園の展望スペースに行って戻ってきます」

せっかく来たのだからと弾む気持ちで告げると、怜二は渋い顔を見せながらもエンジンを切った。

「あの」

「俺も煙草を吸いたいから付き合う」

車を降りようとする怜二に、柚花は助手席側のドアを開けて慌てて続いた。

やはり外は快適とは言えず、じめっとした暑さと湿り気が肌につく。それを気にさせないほどの高揚感に包まれて、柚花は公園に入ると二階建ての白い建物を目指した。

一階はお土産や外国の絵本などが揃っている雑貨屋。二階は『上山ケーキ』など、ここでしか食べられないメニューが揃う展望カフェが入っている。

今はどちらも閉まっていて人の気配はまったくない。柚花はさらにその上、屋上に歩を進めた。

重めのドアを開けて、開かれたスペースに思わず駆けだしそうになる。

「すごーい」

肩より下ほどの高さまであるフェンスに身を寄せ、目の前に飛び込んできたのは、さまざまな明かりで輝きを放つ住み慣れた街の夜の顔だ。ここに来るまでに通ってきた橋も見える。

「それにしても人、いませんね」

数歩遅れて、フェンスのところまでやってきた怜二に声をかけた。意外にも屋上には柚花と怜二以外の人の姿はなかった。

「今の時期、蒸し暑いのにわざわざ車から降りないんだろ」

「へー。皆さん、車で愛を語らっているんですね。怜二さんも、いつもそうなんですか？」

なにげない柚花の問いかけに、怜二はわずかに目を見張る。そしてどこか気まずそうな顔をして柚花から目を逸らし、目の前に広がる夜景に視線を送った。

「どうだろうな」

曖昧に答えると内ポケットに手を滑らせ、煙草の箱を取り出した。その様子を見ながら、柚花は気になっていたことをようやく口にする。

「なにかありました？」

「なぜ？」

煙草をくわえようとした怜二が、顔は向けることなく、強い眼差しだけをよこし、端的に聞いてきた。おかげで柚花はつい、言いよどむ。

「……だって、どこか元気ない感じですから」

直感だけで尋ねた柚花に、怜二は軽く肩をすくめる。

「お前みたいにいつも能天気でいられる人間の方が少ないだろ」

「失礼ですね。私にだって悩みくらいありますよ」

「たとえば？」

反射的に言い返しただけなのに、怜二の素早い切り返しはどこか鋭かった。視線がつき刺さり、見透かされそうになる。

「たとえば……」

怜二の言葉を反復し、目を泳がせてしばし言葉を迷ったが、柚花は結局なにも言わない。

ややあって、煙草の煙と香りとが静かな空気に混ざる。口火を切ったのは怜二の方だった。

「たいしたことじゃない。少し仕事でうまくいっていない案件がある。時間をかけてやってきたのに、このまま結果が出せないと今までしてきたことが全部無意味になる」

怜二の横顔からは、感情が読めない。緊迫した感じも悲壮感もなく、声も淡々としたものだった。

仕事の話を振られたのさえ初めてで、ましてやそれが弱音めいたものでもあり、柚花はとっさの反応に困った。

どうして自分に話してきたのか。怜二の意図も読めない。でも今は、彼の真意や理由を考えている場合じゃない。

「無意味なものなんかありませんよ」

とにかくなにか口にしなくては、と思ったことを声にした。怜二はこちらに視線をわずかに送ってきた。

「父に幼い頃から言われてきたんです。『意味は求めるものではなく作るものだ』って。他の人が、意味がないって思っても、意味があると自分が思えば、絶対に無駄にならないって」

怜二の直面している状況がどういうものなのか、柚花にはまったく想像もつかないし、彼の求めている励ましや慰めの言葉も浮かばない。

自分の話している内容は見当違いもはなはだしいのかもしれない。けれど今の柚花が怜二に言えることは、これだけだ。

一方的に言い放ってから怜二と目を合わせ、微笑んでみせた。

「大丈夫ですよ、怜二さん。きっと長い目で見たら、なくしたものや、失敗でさえ意味があるんだって思えますから。むしろ怜二さんみたいな人は、そうやって次に活《い》かせるから、ここまで会社を大きくできたんでしょ？」

「失敗って……まだ頓挫したわけじゃない」

「なら、ここは踏ん張りどころですね。怜二さんならやれるって、見せてください。社員として期待していますから」

生意気な言い方をして、柚花はもたれていたフェンスから離れる。そしてくるりと踵《きびす》を返した。

「……なかなか言ってくれるな」

怜二の言葉に顔だけそちらに向ける。謝罪の言葉を口にしようかと思ったが、意外にも怜二は笑っていた。

「そう言われたら、意地でも成功させるしかないだろ」

どこかすっきりした面持ちで、持っていた携帯灰皿に煙草を押し込めた。逆に柚花は今になって、自分の発言が上から目線だったんじゃないかと不安になる。

「あの、気が利いたことが言えずにごめんなさい」

顔を強張らせる柚花に、怜二がなにも言わずにゆっくりと近づいてくる。鮮やかな夜景を背に、怜二の姿ははっきりと目に映った。

なにも考えず見つめていると、いつの間にか随分近くまで距離を縮められていた。

そして不意に怜二は柚花を正面から抱きしめる。

「え?」

「ちょっとおとなしくしてろ」

腕を回され、柚花はようやく抵抗を試みる。

「ここ、外ですよ。離してください」

「外じゃなかったら、いいのか?」

「そういう問題じゃなくてですね……」

されていることを意識すると、心臓が強く打ちつけ、思考回路が安定しない。お世辞にもここは怜二が指摘した通り快適とはいえず、生ぬるい空気が辺りを包んでいた。

しかし、今はまったく気にならなかった。

柚花が感じるのは、怜二の体温や、さっきまで彼が吸っていた煙草の香りとか、そういったものばかりだ。怜二がなにをしたいのか、どういうつもりなのか、まったく見当もつかない。

胸の苦しさに、とにかくなんでもいいからこの空気を壊したかった。

「煙草くさいです。なんですか、嫌がらせですか⁉」

「嫌がらせって、お前な……」

呆れた口調の怜二に、柚花は早口で捲し立てる。

「れ、怜二さんは、慰めてくれる人、いっぱいいるでしょ？」

「嫌味か」

「嫌味って……」

少しだけ腕の力が緩んだので、うつむき気味に答える。

「いいえ。落ち込んでいるときに誰かに甘えたり、癒《いや》しを求めるのは悪いことではないと思います」

これは全部小説の受け売りだったりする。柚花は怜二に借りたリーフプリングスの最新刊の内容を思い浮かべた。

「はー。まさかマーティンまで割り切った関係の女性がいるとは」

仰々しくため息をつき、しょぼんと項垂れる。勝手に裏切られた感を抱いている柚花だが、清廉潔白なヒーローなどそうそういないと実感させられた。

「どうかルチアには知られないことを願うばかりです」

「……それは、どうだろうな」

「だから、そういう先を含んだ言い方はやめてください！」

怜二の方に顔を向けて声を荒らげた。すると思ったよりも近くで目が合い、今の体勢を思い出す。ぱっと下を向き、意識を逸らしたくて小説の方に考えを戻した。

柚花にはマーティンの気持ちはよく理解できない。相手が大好きな人や恋人ならまだしも、気持ちがそこまでない人間と肌を重ねてなにがいいのか。それは目の前にいる男に対しても言えるわけだが。

「そんなに癒されるものですかね？」

「なら試してみるか？」

思わぬ返事に、柚花は耳を疑った。怜二は意地悪そうな笑みを浮かべ、柚花の腰に回していた腕の力を強める。

彼の言葉を必死で咀嚼し、自分のなにげない呟きと合わせて柚花は意味を繋げた。

「え、いや。今のはひとりごとで、その、ふとした疑問を声にしただけと言いますか。他意はないんです」

「よく言う。誘ってきたんだろ」

「違います！　わかってて、言わないでください！」

「癒しを求めるのは悪いことじゃないんだろ？」

「求める相手を間違えてますって！」

懸命に否定するも、怜二は柚花の頬に無遠慮に手を伸ばしてきた。そしてサイドの髪をすくい上げ、そっと耳にかける。

耳を滑った怜二の長い指の感触に全神経が集中して、柚花は心臓が止まりそうになった。

「せっかくあけたんだろ。なんかつけとけよ」

いつもの調子で指摘され、話題が切り替わったのに少しだけ安堵する。怜二が言っているのはピアスのことだ。

柚花は先月、耳鼻科で無事に両耳にひとつずつピアス穴をあけ、ずっと穴を安定させるファーストピアスと呼ばれるものをしていた。ようやくあけた穴が安定してきたので、そろそろピアスが楽しめる頃合いになっている。この前、バーで報告もして、初めてのピアスに自分好みのものを買ったと話していた。

にもかかわらず、露《あら》わになった今の柚花の耳たぶには、なにもつけていない。

「そうなんですけど……実は早速、片方なくしちゃって」

きまり悪く答えると、案の定怜二が眉をひそめた。柚花は努めて明るく続ける。

「しょうがありません。そういう運命だったんです。もっと似合うのをつけろよ、というメッセージと捉えることにします」

「恐ろしくポジティブだな」

「どうぞ、見習ってください」

褒めている、もとい憐《あわ》れんでいる声だったのは、この際無視する。続けて、こっそりと自嘲的に笑った。

「……もしくは、ピアスの穴なんてあけなくていいってことだったのかもしれません」

「は？」

怜二の反応に、慌てて首を横に振る。

「あ、いえ。慣れていないからか、髪に絡まったりしていたので。意外と大変なんですね、ピアスって。髪はもう切りますけど」

「せっかくなんだから伸ばせよ」

柚花は目を丸くさせた。髪先は肩にかかって揺れていて、いつもはもっと早めに切っているところなので、今回はこれでも充分に伸ばした気がする。

「……怜二さんは髪が長い女性が好きなんですか？」

「別に。お前にはそっちの方が似合うと思っただけだ」

さらっと紡がれた言葉に赤面する。こういうところで、怜二がモテるんだと思い知らされた。

（しっかりしろ、どうせまたからかわれているだけだ。この体勢だって、狼狽える私を見て楽しむためで、意味はないんだ）

柚花は顔を上げ、複雑な感情を押し殺して怜二の顔をしっかりと見る。

「今日はありがとうございました。念願の夜遊び、とっても楽しかったです。その、私が相手だと癒しどころか疲れさせてばかりで申し訳ないのですが……」

自分で話題を蒸し返すのも、と思いつつ肩を縮める。『本当だな』といつもの調子で返されるのを覚悟した。

ところが怜二は口元をわずかに緩めると、柚花のおでこに自分の額を合わせた。

「いや。充分に癒された」

（怜二さんって天然？　それとも全部計算なの？　狙っているわけじゃないなら真正のタラシだ）

なにか言い返そうと思うのに、怜二の顔が穏やかで、幸せそうな感じがしたので、柚花は唾液と共に言葉を呑み込む。

（ずるい。最初に会ったときに失礼なほどはっきりと、好みじゃないって言ったくせに。私に優しくするのは自社の社員だから？）

自分たちの仲に、なにも期待するものはない。異性だと意識せずに付き合えるから、柚花にとっても怜二は〝ありがたい〟存在だった。それなのに、こんなふうに優しくされると、どうしても気持ちが揺らいでしまう。

最後にもう一度、柚花は夜景を目に映す。今度ここに来る機会があっても、それは怜二とではない。おそらく怜二も自分以外の女性と来るのだろう。

（でもよかった。ここに彼と来られて。連れてきてもらえて）

今だけと言い聞かせ、怜二の温もりを感じながら、柚花はさまざまな気持ちに蓋をする。

柚花にとって怜二は、初めての夜遊びに付き合ってもらうには充分すぎるほどの存在だった。

仮定です、
体は覚えているかもしれませんから

柔らかいベッドの感触を受け、ゆっくりと目を開ける。なにかがのせられているのを感じて身じろぎしたところで、柚花は自分の置かれた状況に叫びそうになった。

（な、なん……）

寝起きで混乱する頭を必死で落ち着かせる。怜二に抱きしめられる形で、慣れないベッドに横になっていた。

（と、とりあえず落ち着こう。どうして、こうなったんだっけ？　確か昨日ソファで彼と話していて……）

あれこれ思い出していけば、記憶と共に羞恥心も爆発させそうになった。恥ずかしさのあまり、勢いよく上半身を起こすと、回されていた怜二の腕がずるりと重力に従って落ちる。

その衝撃からか怜二は眉をひそめて、短く唸ってから目を開けた。気まずい空気ながらも柚花はおそるおそる声をかける。

「お、おはようございます」

「……起きたか」

低い声で睨まれながら返された。いつもなら縮み上がるところだが、これは寝起き特有のもので怒っているわけではないのは判断できた。

怜二の格好がパジャマで、さらに髪も下ろされているからか、あまりすごみは感じられない。

怜二は顔に手をやり、大きく息を吐いて身を起こした。

「あの、これは……」

「柚花が寝たからベッドまで運んでやったんだ。そうしたらお前が離さないから」

柚花が枕にしていたせいで痺れたのだろう。しかめっ面で右腕をほぐしている。

「すみません、でした」

柚花はベッドの上で正座をするかのごとく素早く体を丸めた。申し訳なさと恥ずかしさで涙が滲《にじ》みそうになる。

「よく眠れたか？」

質問には首を縦に振る。たくさん夢を見た気はするが、疲労感は残っていない。

「はい。でも、怜二さんを余計に疲れさせてしまって……」

尻すぼみになって、もう一度謝罪の言葉を口にしようとする。しかし怜二が柚花の肩を抱いて体を寄せ、吐息を感じるほどに顔を近づけたので阻まれてしまった。

「気にしなくていい。それに充分に癒された」

本気なのか、からかっているのか。どちらにしても投げかけられた言葉と伝わってくる温もりに、柚花の心は掻き乱された。

そこでなぜか柚花の口が勝手に滑る。

「怜二さん、煙草吸わないんですか？」

柚花の発言に怜二は驚いた表情を見せる。それは言い放った柚花自身も同じだった。彼が煙草を吸っている姿など見た記憶がないのに、どこから言葉が出たのか。

怜二は柚花から一度視線をはずし、再び向き合ってから、柚花の髪先を軽くすくい取る。

「誰かさんが、煙草くさいって怒るからな」

「え、私、そんなこと言ったんですか⁉」

問いかけに答えることはなく、怜二は含みのある笑みを浮かべた。

「ほら、起きるぞ。昨日のパンを食うんだろ？」

「あ、はい」

話題を変えられ、それ以上追及することなく、柚花も素直に身支度をする流れになった。

なんとなくで家電を扱い、設備の整ったキッチンで格闘する。コーヒーを淹れてパンを温めるのでさえ少し手間取ったが、これはもう慣れの問題だ。

怜二はきっちりと着替えてダイニングに現れた。スーツを着た彼はすっかり社長の顔で、新聞に目を走らせている姿はやはり様になる。

彼の真正面に腰を下ろし、こうしてふたりで朝食をとることになった。

柚花は馴染みのあるクロワッサンの味に顔を綻ばせる。焼きたてには劣るものの、オーブンの質がいいからか充分に美味しい。

「出かけるときは、一応行き先を告げてから行けよ」

コーヒーで喉を湿らせていると、怜二に声をかけられた。

「はい。あ、早速ですけど今日、買い物に行きたいんです」

「わかった。午後三時以降なら付き合ってやる」

どうやら一度帰ってきて、一緒に行くつもりらしい。迷いつつも自分の状態も考慮し、ここは素直に甘えることにした。

「柚花」

そこで怜二がなにか言いたそうな面持ちで柚花の名前を呼んだ。ふたりは自然と目を合わせる。

「買い物行くなら、あれ作れよ」

「あれ？」

「ほら、お前が得意料理だって言ってた、トマトと豆が入ってる……」

料理名が浮かばないのか、怜二は歯切れ悪く説明する。でも、柚花はそれだけでピンときた。

「ああ、カスレですか」

「そう。そんな名前だったな」

カスレはフランス南西部の定番料理だ。白インゲン豆とソーセージ、肉類などを煮込んだもので、柚花の母の得意料理でもあった。食卓によく登場し、そのレシピは柚花に引き継がれている。

本場では鴨肉《かもにく》を使ったりするのだが、柚花はいつも手頃なウインナーや鶏もも肉で済ませ、ちょっと奮発するときにはラム肉を使ったりしていた。

アレンジを加えながらも基本のレシピは頭に入っている。話をして柚花も久々に食べたくなってきた。

『彼の好きなものを作って仲直りするために、これから買い物に行くんだって話していたから』

そこで敏子の台詞を思い出し、柚花ははっとする。

（もしかして私が怜二さんに作ろうとしていたのは、カスレだったのかな？）

思い出せたわけではない。でも、そう考えると辻褄が合う。ホッとした気持ちになり、安堵の笑みを浮かべた。

「やけに嬉しそうだな」

「はい。美味しいのを作りますね」

（売ってたら鴨肉を買って今日は本格的に作ってみようかな。でもそのためには少し遠出しないと）

心を弾ませ、あれこれ思い巡らせた。

今日の段取りを決め、朝食を済ませる。片づけをしていると、怜二が家を出るみたいなので、柚花は見送るために手を止めて玄関に足を運んだ。

「あの、仕事が忙しいみたいなら無理はしないでくださいね」

「わかった。一度連絡する」

本来なら自分も出社するはずなので、見送る側になるのはどうも変な気分だった。

今日が平日だからなおさらだ。

靴を履き終えた怜二は、ドアに向かうのかと思えば、どういうわけか柚花の方にくるりと向き直り、彼女をじっと見つめた。

なんだろう?と思い、首を傾げながらも目を合わせると、不意に唇が重ねられる。

すぐに離れたものの柚花は動揺が隠せなかった。

「キスはいいんだろ?」

真剣な面持ちで尋ねられ、息が止まりそうになる。そして瞬きを繰り返し、ぎこちなく頷くと、頬に手を添えられた。そこからはお決まりの流れで、再び怜二が顔を近づけてきたので、柚花は静かに瞳を閉じて受け入れる。

予想通り唇に柔らかい感触があって、柚花の脈拍は加速する一方だった。思わず呼吸も忘れ、長いキスに息が苦しくなる。

「勝手にひとりでどこかに行くなよ」

口づけが終わり、至近距離で呟かれた怜二の言葉に柚花は目を見張った。

「なんだかその言い方だと、妻より子どもに対してみたいですね」

怜二はにっと口角を上げると、柚花の額に口づけを落とす。

「なんでもいい。お前はおとなしく家で俺を待っていたらいいんだ」

なんでもいいわけない、と言いたいのに声にならない。言葉を失っていると怜二が柚花から距離を取った。

「行ってくる」

「い、いってらっしゃい」

おかげで、条件反射で決まりきった返事しかできない。ドアが閉まったのを見つめ、柚花はその場にへたり込み、熱くなる頬に手をやった。

(駄目だ。身がもたない。新婚ってこんなものなの？)

ある意味、子ども扱いでいいのかもしれない。我ながらとんでもない男性と結婚してしまったのだと実感する。

気を取り直し、ふうっと大きく息を吐くと体に力を入れて立ち上がった。

(仕事を休んでいる分、早くここでの暮らしに慣れて、無理のない程度に奥さん業を頑張らなくちゃ！)

気合いを入れて、まずは家事に取りかかることにした。


その日の午後、怜二は宣言通り仕事を切り上げて帰宅したので、ふたりは買い物に出かけた。

車から降りると手を繋がれ、柚花は照れながらも受け入れる。

自分よりもずっと大きくて骨ばった手の感触が直に伝わり、汗ばんでしまいそうで、また気を揉む。冷たい空気に身が晒《さら》されるおかげで、怜二から与えられる温もりが余計に際立った。

ふたりでの暮らしが始まり、記憶が戻る気配は一向にないものの、柚花は少しずつ怜二との生活に慣れていった。

それはキスも同じで、まったく緊張しないと言えば嘘にはなるが、事あるごとに唇を重ねるのが自然なものになっていく。さらに、初日の夜の出来事があったからか、一緒のベッドで寝るのも当たり前になった。

ベッドに入ると、怜二からいつも腕を伸ばされ、ふたりは密着する形になる。抵抗せずに柚花がくっつくと、彼はタイミングを見て、柚花に口づける。唇はもちろん、それ以外の至るところにもキスを落とされ、柚花の心臓は眠る前なのにもかかわらず早鐘を打ちっぱなしだ。

けれど、他愛ない会話をしながら優しく触れられ、なんだかんだで柚花は怜二の腕の中で安心して眠りにつくことができた。薬や眠気が強い今の状況が、助けているのもあるのかもしれない。

だとしても、こうして体も気持ちも委ねられるのは、柚花にとっては幸せだった。

（でも、怜二さんはどうなんだろう）

たまに自分に向けられる怜二の顔が心配そうで、切なそうで。

尋ねようとするも、いつもなにも聞けないまま、柚花は夢の中に落ちていってしまうのだった。


怜二と一緒に住み始めて一週間が経過した週末、柚花は彼に断りを入れてから、昼どきにあるカフェに足を運んでいた。

チーズケーキが有名なこの店は壁も天井も白で統一され、木製のテーブルや椅子などがカジュアルさと温かみのある空間を作り出している。

「柚花、こっち」

きょろきょろと店の奥に向かっていた柚花に声がかかる。先に訪れ、テーブルに着いていた奈々は、柚花を見つけると手を振って自分の位置を示した。

先日、会社近くで偶然再会した奈々とはバタバタとした別れになってしまったので、こうして今日、改めて会う約束をしていたのだ。

柚花は歩調を速めて奈々の元に向かい、テーブルを挟んで彼女の真向かいに座る。

「遅くなってごめんね」

「私も今来たところだから気にしないで。柚花もランチでいい?」

「うん」

あくまでも売りはチーズケーキのカフェなので、食事としては軽食の他に日替わりランチが一種類だった。これがものすごく人気で、内容盛りだくさんのランチには店自慢のチーズケーキとドリンクがセットになっている。

値段的にも内容的にもお得で、食事を楽しんで、ゆっくりお茶をするのにはちょうどいい。

奈々は店員を呼び止めると、柚花の分までさっさと注文を済ませた。こういう姉御肌なところは高校生の頃からちっとも変わらないと、柚花は懐かしく思う。

今日の奈々の格好は黒のVネックのカットソーにボルドーのパンツと、シンプルだが上品さを損ねていない組み合わせで、首元に揺れる大きめのゴールドのネックレスがいいアクセントになっている。

対する柚花は、キャメル色のリブニットに、ピンコッタカラーのロングスカートという甘めのコーディネートだ。こういう好みもお互いあまり変わっていない。

「この前は突然、ごめんね。それに、結婚もちゃんと報告してなくて……」

そろそろと話題を振る柚花に、奈々は眉尻を下げて笑った。

「いいよ、気にしてないって。それにしても柚花、こんなこと聞くのもなんだけど、もしかして子どもができたの？」

聞かれた内容があまりにも予想だにしていなかったもので、柚花は気がつけば無実を証明するかのごとく全力で否定していた。

「ち、違う。違うよ！」

首をぶんぶんと横に振る柚花に、奈々はあっけらかんと続ける。

「そうなの？　三月に会ったときは結婚どころか彼氏さえいないって言ってたくせに、次に会ったら結婚してるんだもん。旦那さんもやけに過保護だったし、調子悪いってそういう状態なのかと……」

「誤解だよ、本当に違うから！」

「そこまで必死に否定しなくてもいいでしょ」

苦笑する奈々に柚花は黙りこくって、顔を赤らめてうつむく。そこでランチのプレートが運ばれてきたので各々おとなしく受け取る。

フォークを持ちサラダをつっつきながら口火を切ったのは、やはり奈々の方だった。

「にしても、旦那さんカッコよくて本当にびっくりした。高校の頃から男っ気がまったくなく、恋愛話さえついていけなかった柚花が、あんな素敵な人を捕まえてさっさと結婚するとは……。なに、子どもができたんじゃないとしたら、お見合いとか?」

どうやら柚花が普通に恋愛結婚したとの考えは、奈々の中にはないらしい。

無理もない、と柚花も納得する。出会ってから結婚するまであまりにも短期間の話だし、柚花自身、自分が結婚どころか恋愛をした実感もない。さらには記憶もない状態だ。

事情を知る由もない奈々は、目を輝かせながら身を乗り出してくる。

「プロポーズの言葉は? どういうタイミングで言われたの? いいなー。あんな彼に毎日愛されて」

「奈々だってずっと付き合ってる彼氏がいるじゃん」

うっとりする奈々に、柚花は矛先を変えようと小さくツッコんだ。

奈々には付き合って三年ほどになる彼氏がいた。同じ会社の人で半同棲《はんどうせい》状態だと聞いている。

柚花の指摘に、奈々は苦いものでも舐《な》めたかのような顔になった。

「うーん、でもね。この前の私の誕生日、素で忘れられてたし」

「ええ⁉」

さすがにこれは笑って流せる話ではなかった。奈々の表情もどこか複雑そうだ。

「いや、彼もずっと仕事が忙しそうだったし、私も自分から誕生日の話題を振らなかったんだよね。とはいえ毎年お祝いしていたから、まさか忘れられているとは思わなかったけど」

「わざとじゃないんでしょ？」

「もちろん。指摘したときの彼の真っ青な顔といったら……」

言いよどんでから、奈々は長く息を吐いた。

「すごく謝ってくれたし、悪気がないのもわかっているけど……やっぱりショックだよね、忘れられるって。私のこと、本当はどうでもいいのかなって思っちゃったり」

柚花の胸がずきりと痛む。奈々と目が合い、彼女は心配そうに笑った。

「なに、柚花が泣きそうな顔になってんのよ」

「だって……」

「私はいいんだって。それよりせっかくの新婚なんだから、幸せな話を聞かせてよ」

わざとらしく明るく告げる奈々に、柚花は返答に迷う。

「いつも優しくしてもらってるよ」

当たり障りのないコメントをすると、奈々はニヤニヤと笑う。

「へー。ベッドの中でも？」

「そうだね」

なんのためらいもなく答えると、空気がわずかに変わった。その証拠に、奈々は持っていたフォークを宙で浮かした状態で、虚をつかれた表情になっている。そして、どっと前屈みに項垂れた。

「はー。あの柚花が……そうか。これはリアルに、柚花の子どもが見られる日もそう遠くはなさそうね」

「なっ」

ひとりごちた奈々に、柚花の顔は火がついたように熱くなる。奈々の含んだ言い方にまるで気づかなかった。

怜二が優しいのは事実で、同じベッドに入ると、柚花を腕の中に閉じ込めてキスをしたり、髪を撫でたりするなどして大事そうに触れてくる。

といっても、この内容を正直に伝えたところで恥ずかしさが増すだけだ。けれど、奈々の言っている優しさとは全然違う。

「あの、そういう意味で言ったんじゃなくて」

しどろもどろに否定する柚花に、奈々は払いのける仕草で手の甲をこちらに向けて振った。

「はいはい、照れなくていいって。私たち、もう高校生じゃなくていい大人なんだから、わかってるわよ」

（全然、わかってない！）

しかし、どう取り繕えばいいのかもう言葉が浮かばない。結局、それから柚花と奈々は自分たちの話よりも、仲のいい共通の友人の近況を報告し合ったり、高校時代の思い出話に花を咲かせて盛り上がった。


帰宅後、どっと疲れが押し寄せてきて柚花は素直にソファに横になった。怜二は会社に行っているので、今はマンションに柚花ひとりだ。

（奈々に久しぶりに会えて、楽しかったな）

奈々とのやり取りが浮かんでは消えていき、どこか夢見心地に思い出される。それにしても、いろいろと勘違いをしたし、させてしまった。

（ベッドの中でも優しいって、私……）

思い出して赤面し、体の向きを左右に変えてみる。

（いや、だって。結婚しているとはいえ、私は怜二さんを覚えてもいないし、一緒に住み始めてまだ一週間で……)

『すごく謝ってくれたし、悪気がないのもわかっているけど……やっぱりショックだよね、忘れられるって』

ふと奈々の表情と言葉がリアルに脳裏に蘇り、柚花は後ろからどんっと押されたような衝撃を感じた。とっさに体を起こし、頭を抱える。

(……私も、同じじゃない)

わざとじゃない。もちろん悪気だってない。

けれど、現に自分が怜二のことを忘れてしまった事実が、今になって柚花の胸につき刺さる。

『本当に、なにも覚えてないのか?』

『少し安心した。お前は俺のところにもう戻ってこない気がしてたから』

もしも結婚相手が、結婚したのも、それどころか自分との過去もまったく覚えていない事態になったら、誰だってショックを受けるに決まっている。

(私、自分のことばっかりで、怜二さんの気持ちを考えていなかった)

ズキズキと肺に穴があいたみたいな苦しさを伴いながら、胸が痛みだす。心臓を誰かに握られているようだった。

（怜二さんは私が記憶をなくして、どう思ったんだろう。きっと私が思い出したいのと同じで、怜二さんだって私に記憶が戻るのを願っている）

しかし怜二は柚花を気遣ってか、思い出させようとする素振りさえ見せず、無理もさせない。その優しさが今の柚花には痛くて、甘えっぱなしの自分に嫌悪感が湧き起こる。

柚花はぐっと強く握り拳を作り、心の中でひっそりと誓う。

（思い出すのが無理でも、せめて記憶をなくす前みたいに普通の結婚生活を送らないと。でも、普通ってなんだろう？　私は彼とどんなふうに過ごしていたのかな？）

『柚花の子どもが見られる日もそう遠くはなさそうね』

顔に熱がこもるのを感じながら、ソファの上でぎゅっと膝を抱えた。

怜二が帰ってきて、ふたりで夕飯を食べながら、柚花は奈々と会って楽しかった話を彼に伝えた。どんな内容を詳しく語り合ったのかまでは、さすがに言えないが。

いつもと同じ流れで、先に柚花がバスルームを使う。温まってほぐれた体は睡眠に入るのにちょうどいい。

しかし今日は、ベッドに入ってゴロゴロしながらも気が休まらずにいた。それは怜二がベッドルームに顔を出してからも同じで、柚花は自分の左側でヘッドボードに背中を預けて本を読んでいる怜二に、おもむろに視線を送ってみる。

自分も本を読みたくなったが、今日は疲れていて活字が頭に入ってこない。それに、今の状態だと内容にも集中できない。

悶々《もんもん》とする気持ちを振りはらうべく、仰向けになっている状態から目だけを動かし、見上げる形で彼に尋ねる。

「怜二さんの誕生日っていつですか？」

「……五月十六日」

本を読んでいるからか、端的な返答があった。日付を再度頭に刻み込み、胸を撫で下ろす。

(よかった、まだ先だ)

「私、忘れずにちゃんと覚えておきますからね」

「なんだ急に？」

そこで怜二の視線が本から柚花に移った。髪を無造作に下ろしている姿は、普段とのギャップもあってどこか幼く見える。

「怜二さんのこと知りたいって言ったでしょ？　気になったから聞いただけです」

胸のときめきを悟られないために、柚花は口を尖らせつつ、顔を半分ベッドにうずめた。きりのいいところになったのか、怜二は本を閉じて時計を確認する。

「そろそろ寝るか」

「はい」

小さく返事をして怜二を見つめる。怜二はベッドサイドのライトに手を伸ばし、部屋の明かりを落とした。

ぼんやりと輪郭だけを浮かび上がらせる穏やかなライトは、睡魔を誘うのにはちょうどいい。

怜二はベッドに入って横になると、いつも通り柚花をそっと抱き寄せた。

「柚花」

確かめるように名前を呼び、愛《いと》おしげに柚花の頬を撫でる。

怜二の顔が近づき、柚花は静かに瞳を閉じた。唇が触れ合ったと実感するのも束の間で、それはすぐに消える。

ゆっくりと目を開ければ、柚花の目には怜二が柔らかく微笑んでいるのが映った。

今度は額に口づけられ、優しく髪に触れられる。いつもなら心地よさに瞼が重くなってくるところだ。

瞼にもそっとキスが落とされ、この流れで目を閉じそうになる。しかし、今日はそういうわけにはいかない。さっきから鳴りやまない心臓はもうどうしようもなく、決意して大きく目を見開いた。

そして軽く体を浮かし、右手を怜二の肩に置くと、自分から彼に口づける。初めて怜二にキスしたときと同じで唇を押し当てるだけの単純なものだ。

息が続く限りできるだけ長く重ねて、唇が離れた瞬間、柚花は怜二の肩を思いっきり押した。不意打ちだからか、怜二は目を丸くし、柚花に促されるままベッドに背中を預ける。

その勢いを借りて、柚花も倒れ込む形で怜二の上になった。ベッドに手をつき、一般的に言うと〝押し倒す〟格好になる。

「どうした?」

悠然と、下になっている男から声がかかった。柚花は詰まりそうな息を整え、なんとか声を出す。

「お、襲ってみました」

発言して羞恥で顔から火が出そうになった。速すぎる鼓動は、なにもしていないのに息切れをもたらす。

しばしふたりは見つめ合う形になり、先に口を開いたのは怜二の方だった。

「で？」

「え？」

「襲うんだろ。どうするんだ？」

この切り返しはまったくの想定外だった。といっても柚花が想像できることなどあまりないのだが。

出たとこ勝負だとは思っていたが、襲われている側が言う台詞ではない。怜二の冷静さが、かえって柚花の狼狽を増幅させる。

「どう、って……」

言葉を呑み込み、必死に考えを巡らせる。ややあって柚花は、ゆっくりと怜二との距離を縮めて唇を重ねた。

いつも彼からされるキスを思い出し、自分から触れるだけの口づけを角度を変えながら何度か繰り返す。

わずかに触れ方に緩急をつけるも、どうしてもぎこちなさは拭えず、自分のしている行為を意識すると、恥ずかしさで涙腺が緩みそうだった。

怜二は柚花の頭を撫でながらも、なにも言わずに彼女からの口づけを受け入れる。

濡れた唇を応えるようにそっと舐め取ると、柚花は驚いて顔を離した。

涼しい表情の怜二に対し、柚花は浅い呼吸を繰り返して眉尻を下げた。余裕の差が歴然としているのはしょうがない。

しばらく葛藤を繰り返した柚花は白旗を掲げて、怜二の額に自分の額を重ねると、情けない声で聞く。

「あの、怜二さん。ちなみにここからどうしたらいいんでしょう?」

「それを俺に聞くのか」

まったく動じていない声で返された。

怜二の言うことは、もっともだ。柚花自身も滑稽だと自覚はある。でも、しょうがなかった。

「だって私、男の人を襲った経験ないんです。察してくださいよ」

「そう何回もある方が驚くな。お前は痴女か」

「そ、そんなわけないでしょ! ……って、この体勢で言うのもなんですが」

いつもの調子でやり取りし、柚花は落としている肩の線をさらに下げた。

こんな状況になっても全然艶っぽい雰囲気にならないし、なれない。これはどう考えても作戦失敗だった。

「もう。人がどんな思いで……」

自分の行動が、どこまでもひとり相撲《ずもう》に思えて、顔をくしゃりと歪める。

口をもごつかせていると、いつの間にか背中に回されていた腕に力が込められ、勢いよくベッドに体を戻された。

「わっ」

「どんな思いなんだ？」

体がベッドに沈んだかと思えば、すぐに体の向きを変えた怜二が柚花を自分の方に引き寄せる。そして低い声で柚花に尋ねた。

怜二の表情はさっきまでと打って変わって真剣で、眼差しも力強い。柚花は思わず息を呑み、どう答えればいいのか言葉を迷った。

「抱いてほしいんだったら抱いてやる。でも他人にあれこれ言われたからだとか、俺に気を使ってとか、そういった理由だったら手は出さない」

気持ちが揺れる柚花と相反して、怜二は宣言するようにきっぱりと言い放った。

「な、なんでですか？　私たち、結婚してるんだから、そういうのは当たり前だったでしょ？」

「だとしても、今のお前にとっては当たり前じゃないだろ」

また柚花の胸は針で刺されたような痛みを覚える。気持ちを反映して、続ける声は震える。

「……だって私、全然思い出せないから」

（今のままじゃいけない。早く思い出さないと。それが無理なら、怜二さんにとって以前の私にならなきゃ。今の私は彼にとって……）

「誰が思い出せって言った」

思考を遮る低い声が耳に届いた。柚花はおそるおそる怜二と目を合わせた。怜二は柚花の頬に手を添え、言い聞かせるように続ける。

「記憶があってもなくても、柚花は柚花だろ。今のお前が、自分で俺のそばにいることを選んで、こうして隣にいるならそれで充分なんだ」

「でも……」

反論の言葉は強引なキスで封じ込められた。痛いくらい強く抱きしめられ、逃げることもできない。

なかなか解放されず、息が苦しくなった柚花は、軽く怜二の胸を叩いて訴える。一度唇が離されてホッとするも、すぐに再び口づけられる。

重ねるだけではなく、先ほどと同じく舌で軽く唇を舐め取られ、驚きのあまり体をすくめた。すると怜二は少しだけ腕の力を緩めて、キスを中断させる。

「思い出せないならそれでいい。だったら覚えろ」

『なにを？』と声に出す前に、キスが再開される。

与えられる甘い刺激と、怜二の言葉のおかげで、柚花の強張っていた体が少しだけほぐれていく。それは気持ちもだった。

（いいのかな。私、今のままでも。今の私でも……）

きつく結んでいた唇の力を抜くと、舌が差し込まれて歯列をなぞられる。初めての感覚に戸惑いつつも、不思議と嫌悪感はなかった。

どこか試すように舌を絡め取られ、ぎこちなく受け入れる。

「ふっ……ん……」

自分のものとは思えない鼻にかかった声が勝手に漏れて、恥ずかしさで苦しくなる。

怜二はキスを交わしながら、今度は柚花を自分の下に滑り込ませて体勢を変えた。

柚花は素直に身を委ねる。

ベッドの軋む音がかすかに聞こえたが、今は気にならない。より密着して伝わってくる体温も、上になっている怜二の重みも心地よかった。

一方的ではなく、柚花の様子を見ながら進められる口づけは、確実に本人をとろけさせる。次第に、焦《じ》らされているとさえ思えて、柚花は自然と求める形で怜二の首に腕を回した。怜二は目を細めて応えると、柚花の頭を撫でる。そのことにひどく安心して、柚花は泣きそうになった。

「んっ……ん」

唾液の混ざり合う音と、くぐもった声が部屋に響く。

名残《なごり》惜しげに唇を離され、柚花は肩で息をしながらじっと怜二を見つめた。長い睫《まつ》毛《げ》に縁取られた漆黒の瞳が自分を捕らえる。

（ここから、どうするんだろう。……どうなるんだろう）

もっとしてほしい気持ちと、この先を知らない不安が自分の中でせめぎ合って揺れ動く。それを安心させるかのように、怜二は柚花の頬にそっと手を滑らせた。指先が顔の輪郭をなぞる。

「手を出さないって言った手前、ここら辺が潮時だろ」

なにかに耐える言い方だった。怜二の目も、声も、まとっている空気さえ熱っぽくて、それに当てられて胸が苦しくなる。

「おしまい、ですか？」

切れ切れに尋ねると、怜二は苦虫を噛みつぶしたような顔になった。

「お前な、煽るなよ。そんな顔をしてよく言う」

今、自分がどんな顔をしているのか見当もつかない。でも、これ以上先に進まないことにどこかで安心したのも本当で、柚花はぐるぐると交ざりだす感情についていけなかった。

「……でもキスも自分からできたから。体は覚えているかもしれませんし」

我ながらすごい台詞と思うが、柚花は本気だった。だからあんな行動に出てみた。

怜二からは感心される行為ではなかったようだが。

「覚えてなかったら、どうするんだ。無理するところ間違えてるだろ」

怜二の諭す口調に、柚花は少しだけ平静さを取り戻した。

「そのときは、そのときですよ」

やっとかすかにでも、笑えた。しかし怜二は呆れて息を吐く。

「相変わらず、恐ろしくポジティブだな」

「ふふ。どうぞ見習ってください」

おどけて言ってから、柚花は妙な既視感を覚えた。自分は前にも彼とこんなやり取りを交わした気がする。

（でも、どこで――）

「結婚しているからって、好きでもない男と寝ようとするな」

怒っている、というよりも悲しげな表情で怜二は柚花に告げた。おかげで、自分の取った行動が今になって不安になってきた。

今までにない深くて痺れそうな口づけを交わしたものの、結局はそれだけだ。当初の目論見は大きくはずれてしまった。

でも今は、きっとそういうことではない。とにかく怜二の言葉を否定しなくてはと気が焦る。

「違い、ます。私……」

けれど、それ以上声にできない。急激な睡魔が襲ってきて続きを阻む。

(待って、彼に言わないと。私、どうして怜二さんにそういう顔をさせてばかりなんだろ。私のこと――だから?)

徐々に意識がフェードアウトする。

瞼に口づけが落とされ、柚花は静かに目を閉じた。

記憶のカケラ　四つめ

十月に突入し、気候的にもかなり過ごしやすくなった。紅葉の季節だ、などと言われたりする時期だが、会社近くの通りに並ぶ木々は色づくどころか葉を散らせて、どちらかといえば道が染まっている。

あれは絶対に植える木を間違えたんじゃないか、と柚花は密かに思っていた。

「平松、シュテルン社から例の基幹業務システムについての問い合わせ」

「はい。ありがとうございます」

先輩に声をかけられ、柚花は受話器を取る。先月から新たに大手企業の社内システムの担当を任され、忙しさと仕事の責任が増して目が回りそうだった。

「新しいデータベースの管理システム、今のところはうまくいっているけど、やっぱりセキュリティ面が懸念されるよね」

「共有する範囲が広がれば広がるほどリスクも比例して増えるから、そこはいかに実績を作るかじゃない？」

昼休みに入り、雑談交じりに仕事の話をしながら、同僚と一緒に社内のカフェテリアに歩を進める。

(そういえば、怜二さんの話していた案件はうまくいったのかな)

展望台に連れていってもらったのをきっかけに、あれから怜二と柚花は何度か一緒に出かけた。とはいっても改めて待ち合わせをしたりするのではなく、金曜日にバーで飲んだ後、怜二が柚花のしてみたかった夜遊びに付き合いがてらで。

この前は、プラハの伝統的な有名店をモチーフにしたカフェにふたりで足を運んだ。夜しか開いていないそのカフェは、柚花がずっと行ってみたかった憧れの場所だった。内装は、本家さながらのタイル装飾が見事で、新しいはずなのに重厚な雰囲気を醸し出していた。それを眺めながら柚花は何度も感嘆の息を漏らす。

ここを選んだ理由は、プラハのカフェが舞台となった小説を読んで、怜二との話題に出したからだ。

柚花はすっかり小説の中に入り込んだ気持ちで、コーヒーを飲みながら怜二に声をかける。

『……この後、ここで殺人事件が起きるわけですね』

『その展開は願い下げしておけ』

すかさずツッコミが入り、くすくすと笑った。

怜二との会話は、本についてはもちろん他愛ないものが多かった。今ならこの店のことや、飲んでいる飲み物についてなど。話題はそこら辺に転がっている。

(社長と話すなら、もっと有意義な内容がいいのかもしれない。彼は普段、他の女性とどんな話をしているんだろう)

ふと湧いた疑問を、あえて口にはしなかった。

今、彼と過ごす時間が心地いいのは間違いなく、あえて雰囲気を壊す真似も、踏み込む権利も自分にはないと判断したからだ。

(怜二さんは、私と過ごすこの時間をどう感じているんだろう?)

それもやっぱり聞けない。お互い職場が同じなわりに、仕事の話はあまりしないので、柚花が例の件について怜二に尋ねる機会もなかった。

「そういえばこの前、社長を見かけてね」

ふと、このタイミングで彼の話題が出されたので、柚花は思わず目を見張り、現実に戻る。

しかし話を切りだした彼女はあまり気にしておらず、もうひとりの同僚が目を爛々とさせた。

「え、どこで？　私、本物を間近で見たことないんだよね。社内で偶然すれ違うのを期待しているけど、会社は広いし、そのチャンスがなかなか訪れなくて」

おどける同僚に、彼女は苦笑して続ける。

「私も会社ではないよ。外で遠目に見かけただけ。ほら、社長の外見って目立つし。連れている女性もすごく綺麗な人だったから目を引いたの」

彼女のなにげない発言に、柚花の心が大きく揺さぶられた。

「しかも『Sempre《センプレ》』の前だったから、びっくりしちゃった。彼女にプレゼントするためだったのかな。ブランドの小袋を持ってたし」

センプレは国内では名の知れたアクセサリーブランドだ。カジュアルさと上品さを兼ね備え、個性的なデザインが女性の間で人気を呼んでいる。

そういった場所に女性とふたりでいたら、誰もが同僚のように推測するだろう。柚花自身も、おおよそ当たっているだろうと思う。

それでも余計なことは言わず、動揺を顔に出さずに、彼女たちの会話に耳を傾けた。

「へー、社長って意外とまめなんだ。いつも選ぶのはモデル顔負けの美人ばっかりって聞くけど、長続きしないんでしょ？　だらしないというより、社長の場合はドライなんだろうね」

「そろそろ年齢も年齢だし、今度は本気なんじゃない？」

「あの人、結婚する気あるの？」

「立場的にしないって話にはならないだろうけど、どうなんだろうね。選びたい放題だし」

そこで違う話題に切り替わる。

別に今さらの話だ。こういった、社長……怜二に関する話は今までだって聞いてきた。なにより恋愛や結婚に関しては、自分で言っていたくらいだ。

（結婚する気になったのかな？）

そこで柚花は、自分の中のモヤモヤした感情に気づく。

（変だ。なんだろう、この気持ち。怜二さんが誰とどんな関係を築いていても私には関係ない。彼のことで心を乱される必要はひとつもないし、あってはならないはずなのに）

そっと自分の耳たぶに触れた。なんだかんだいって、ピアスはつけていない。

『せっかくあけたんだろ。なんかつけとけよ』

（今月末は誕生日だし、やっぱりひとつくらい自分のために買おう）

決意を固める。でも、それはけっして怜二に言われたからじゃない。あけたピアスホールが無駄になってしまうからだ。

　必死に言い聞かせている自分が、これまた滑稽だった。

　翌日の金曜日、柚花はバーのカウンターに、珍しくぐったりと項垂れていた。

「最後の最後でこんな展開って、ひどくないです？　しかもここにきてルチアに婚約者がいたとか」

　カクテルグラスをぐっと握りしめ、恨めしげに誰にともなく訴える。

「もう酔ったのか」

「酔ってません！　衝撃を受けてるんです」

　体をがばりと起こし、隣の席の怜二を軽く睨んだ。今日の柚花のカクテルは、ヨーグルトリキュールをトニックウォーターで割ったものに、冷凍の苺《いちご》が入っている。どちらかといえばデザート感覚で色合いも可愛らしい。

　怜二に借りている『リープリングス』も、残すところ、今日借りたのを入れて三巻となった。

　ここまできても、肝心の主役ふたりの恋愛は一向に進みそうもない。どうなってしまうのかと柚花はやきもきするばかりだ。

「そういえば柚花ちゃん、結局この夏には海外旅行はしなかったんだね」

近藤に声をかけられ、柚花は姿勢を整え直す。

「はい。国内の行きたかったところにしました。今月末の私の誕生日に合わせて、両親が帰国するんです。だから、夏に会いに行かなくてもいいかなって」

「そっか。久々にご両親にお祝いしてもらえてよかったね」

「……そうですね」

近藤の笑顔に苦笑を返し、グラスを見つめた。

今月末で二十六歳になる。あっという間のようで、年を取る実感もあまりない。しかしこの誕生日は、柚花にとって大きなひとつの節目だった。

今日も楽しい時間を過ごし、柚花はいつもより早めの時間にバーを切り上げる。やはり怜二と話す内容は本の感想ばかりで、仕事の話はおろか、プライベートな話題はほとんどない。

昨日の同僚たちとの会話で、改めて意識させられる。でも柚花にとっては、それでよかった。

廊下だけを照らす蛍光灯が道標《みちしるべ》となって、行き先を照らす。特に会話らしい会話もなく、怜二とエレベーターのところまで歩いた。

「おい」

呼び出しボタンを押そうとして、寸前で声をかけられる。柚花は手を止め、踵を返した。

「なんでしょうか？」

「これを、お前にやる」

白い箱に青いリボンのかかった小さな箱を差し出され、怜二の顔とそれを交互に見やった。

「もうすぐ誕生日なんだろ？」

目を瞬《しばた》かせ、わけがわからないという顔をしている柚花に、怜二は面倒くさそうに補足する。ここでようやく柚花が反応を示した。

「結構です！　いりません」

やや大きめの声で拒絶すると、怜二は意外そうに目を丸くした。そして皮肉めいた笑みを浮かべる。

「……また、随分な反応をするな」

「私にまで気を使ってくださって、ありがとうございます。でも怜二さん、他にもプレゼントをする女性はいっぱいいるでしょ？　そちらにあげてください」

『連れている女性もすごく綺麗な人だったから目を引いたの』

まめな人だと半分感心する。ただの社員に対し、誕生日だからといってプレゼントを用意するとは。でもきっと、彼がこういうことをするのは自分だけではない。

その事実が柚花の気持ちを頑《かたく》なにさせていく。同僚が目撃した、一緒にいた女性にもプレゼントをしたのだと思うと、これはそのついでなのだろうか。

考えがひねくれている自分に嫌気が差した。その他大勢の女性と同じ扱いなら、逆に深く考えずに、『ありがとうございます』と素直にもらえばいいだけなのかもしれない。そういうのが可愛い女性の反応だ。

ただ、この流れで受け取るのが、柚花はどうしても嫌だった。

「これはお前にだから、いらないなら捨てる」

ため息交じりに放たれた言葉は、諦めを装った脅迫だった。『どうぞ』と柚花が言う人間ではないことくらい、怜二は見抜いている。

その証拠に、ブレなかった柚花の瞳がわずかに揺れた。

「そ、そういう言い方はずるいと思います」

「なら素直に受け取れ。拒否するにしても、せめて中身くらいは確認してからにしろ」

中身の問題ではないのだが、怜二の言い分はもっともな気がした。柚花は渋々箱を受け取り、ぎこちなくも丁寧にリボンをほどいていく。

「これ……」

中身を見て、思わず息を呑む。箱はケースになっていて、中には小さな花をかたどったピアスが収められていた。小ぶりで可愛らしく、パールの白さが際立つ。

「柚子の花みたい」

瞬間、思った内容をそのまま声にする。しかし、すぐに自分の考えが早計だと気づいた。白くて花弁が五枚あるからといって、柚子の花だとは限らない。

けれど、花の真ん中にあたる柱頭部分にはわざわざゴールドがあしらわれ、黄色っぽさを演出しているところも柚子の花に当てはまる。

「ひと目でわかるなんて、本当に好きなんだな」

怜二の反応に、柚花は慌てて視線を移す。

「俺はデザインとかあまり興味がないから、そういうのに詳しい知り合いに頼んだんだ。センプレはいろいろなデザインを扱っているから、それっぽいものを言っておいたんだが……」

話を聞いて、このアクセサリーのモチーフが自分の思い違いではなかったと確信する。手の中にある箱を持つ指に力が入った。

(じゃあ、センプレの店の前で女性と会っていたのは……)

「どうして、私にここまでしてくれるんですか?」

つい厳しい顔をしてしまう。自惚れかもしれない。お店の前で会っていた彼女が本命なのかもしれない。

いくつもの可能性を浮かべて予防線を張ってみる。けれど、怜二がこのピアスを自分のために用意したのは紛れもない事実だ。

「この前、話していた件、なんとかうまくいった」

疑問には別の話題が振られた。気にしていた例の件についてだったので、柚花は素直に食いつく。

「そうなんですか? よかったです! さすが怜二さんですね」

「誰かさんに発破をかけられたからな」

それが誰を指すのか、柚花にはすぐに思い浮かばず、純粋に喜んでいた顔からきょとんとした面持ちになる。そして怜二の含んだ笑みを見て、自分のことを言われているのだと気づくと同時に慌て始めた。

「え、え!? 私、そこまできつい言い方しました?」

確かに挑発めいた言い回しではあったかもしれない。思い返して、柚花の背中に嫌な汗が伝う。でも怜二の顔は怒っているわけではなく、むしろ穏やかだった。

（もしかして、そのお礼のつもりなのかな？　考えすぎ？）

本を借りている立場としては、むしろ自分の方が彼になにかしなくてはならないのではないかと思い立つ。

「……お前はつらいときや落ち込んだときは、どうするんだ？」

尋ねようとすれば、さらなる問いかけを投げかけられ、意表をつかれた。

返答に迷いながらも、思うところをおとなしく答える。

「そう、ですね。とにかくポジティブに考えて前を向くようにしています。名前通り〝強くたくましく前向きに〟が私のモットーですから」

力強く答えると、怜二の顔に疑問の色が浮かんだ。そこで柚花は付け足す。

「柚子の木って強いんですよ。柑橘類《かんきつるい》の中では寒いところでも自生できる数少ない種類で、花言葉も〝健康美〟なんです。だから私、柚花って名前に相応しく、どんなときでも前を向いて強く生きようって決めてるんです」

「……そうか」

納得したのか、どことなく怜二は微妙な顔になった。しかしすぐにいつもの余裕のある表情で柚花に尋ねる。

「で、捨てるのか？　それとも、受け取るのか？」

ようやく最初に話が戻った。柚花は一瞬目を泳がせ、気まずい気持ちになりながらも頭を下げる。

「すみません、失礼な態度を取りました。今さらですが、いただいてもかまいませんか？」

さすがになにか言われるかも、と身がまえた。けれど怜二からは、まさかの提案をされる。

「せっかくだから、つけてみろよ」

今ここで？と思いつつ、怜二への態度を顧みると、断ることはできなかった。

「……でも、鏡がないとつけられなくて」

弱々しく言い訳した。まだピアスをつけるのは不慣れで、化粧ポーチに入っている鏡はここでは役に立たない。

この階の化粧室はどこだったかな、と柚花が目線を飛ばしていると、怜二が一歩足を出し、距離を詰めてきた。

「ちょっと貸せ」

「え、あの」

柚花の手の中の箱からピアスを片方取り出すと、怜二はなんのためらいもなく柚花に手を伸ばしてきた。髪を耳にかけられ、柚花は無意識に肩をすくめる。

「じっとしてろ」

低い声で命令され、飼い犬のごとくぴたりとおとなしくする。怜二の指が自分の耳に触れたときは、思わず叫びそうになった。それを堪えて、ぎゅっと目を瞑る。

彼にとってはおそらくなんでもないこと。意識しているのは自分だけで、それを怜二に悟られてはいけない気がした。

「痛みは？」

「ない、です。大丈夫です」

つけ終わって尋ねられ、消え入りそうな声で返事をする。痺れを伴う余韻が耳に残るのは、ピアスに慣れていないからとか、そういう理由だけではなかった。

うつむき気味に箱をバッグにしまって、エレベーターのボタンを押す。そして間を空けず到着したエレベーターの中にさっさと乗り込む。もちろん怜二も一緒だ。

沈黙を重く感じる中、怜二からの視線を感じ、柚花はおもむろに顔を上げた。じっとこちらを見ている彼にたどたどしく聞いてみる。

「似合い、ますか?」

「悪くはないんじゃないか?」

あっさりと返ってきた言い方が怜二らしく、張りつめていたなにかがふっと解ける。気が抜けて柚花は笑みがこぼれた。

「ありがとうございます、怜二さん」

そこでタイミングよくエレベーターが一階にたどり着き、降りようと足を一歩踏み出す。それを阻むかのように不意に腕を取られた。

腕を掴んだのは言うまでもなく怜二で、不思議に思って彼の方を見れば、真剣な顔で柚花を見据えていた。

降りない乗客に痺れを切らしてエレベーターのドアが閉まったのと、唇に柔らかい感触があったのはほぼ同時だった。

目を閉じるどころか、瞬きひとつできず、自分の身になにが起こったのか状況を把握することもできない。

唇が離れ、怜二と至近距離で目が合う。我に返って柚花が抵抗を試みようとしたところで、その隙を与える間もなく、再度唇が重ねられた。

けれど、次はさすがに慌てて怜二から距離を取る。といってもエレベーターの中なので、後ろに一歩下がるのが精いっぱいだ。

「な、なん……」

柚花は顔を真っ赤にして、両手で口元を覆う。頭の中がパニックで目眩を起こしそうだった。

「……別に。意味はない」

降ってきた言葉は、冷水みたいに柚花の心に沁みた。すぐに怜二は、しまった、という顔をする。

それを見ても、どういう意味でなのかまでは柚花には察することができない。とにかく必死で頭を切り替える。

そして深く頭を沈め、喉の奥から必死に声を振り絞った。

「よかった、です。それなら今のは、なかったことにしますね」

「おい」

エレベーターのドアが開き、一目散に駆けだした。

(なし。今のはなしだ。彼の反応に救われた)

懸命に自分に言い聞かせる。

(あれでよかった。意味があった方が困る。彼にとっては、きっと魔が差したとか、いつもの女性たちにしているのと同じノリでしてしまっただけだ。その相手を間違えただけ。だから、あんな後悔にも似た表情をしたんだ）

キスした後の怜二の表情を思い出し、柚花の目尻になにかが溜まっていく。

（どうしよう。なんで私、こんなに傷ついているの？　傷つくくらいなら怒ればいいのに）

苦しくて、心臓が激しく収縮し、息さえおぼつかない。

外に出ると気温がだいぶ下がっていて、肌寒い。

それなのに耳と唇だけは、熱がこもって熱かった。

不安です、
理由も気持ちも真実を知りたいです

もうすぐクリスマスだという状況に、ようやく柚花は違和感を抱かなくなってきた。記憶が抜けているとはいえ、怜二と過ごすクリスマスはどっちみち初めてで、どんなふうに過ごそうかと密かに計画しては楽しみにしている。

今日は退院後、初めて病院に足を運んだ。

怜二は都合をつけて付き添うと申し出たが、それを柚花は丁重に断り、佳代子に同行してもらった。なんだかんだで忙しそうにしている怜二の手を、必要以上に煩わせるのは嫌だったからだ。

検査の結果は心配するものでもなく、記憶に関しては保留になった。これ ばかりは医師にもどうしようもないらしい。

正直、記憶がないのをすべて受け入れられているわけじゃない。でも前ほど焦りや不安を感じていなかった。これも全部、怜二のおかげだと思う。

「天宮さん」

「あ、はい」

帰り際、受付で呼びかけられ、一拍間を空けてから振り向く。これればかりはまだ慣れず、変に照れてしまう。

声をかけてきたのは、柚花が病院で目覚めたときに対応した看護師だった。

「検査結果、異常なくてよかったですね。お大事になさってください」

「お世話になりました。ありがとうございます」

佳代子と共に頭を下げる。看護師は労わる表情になった。

「記憶がないのは不安でしょうけれど、先生のお話通り、ふと思い出すこともありますから」

「はい」

そこで看護師の顔が、ぱっと明るくなる。

「でも、素敵なご主人がいらっしゃるから大丈夫ですね。大きな心配はないと電話で先にお伝えしていたんですが、『すぐに向かいます』と迷いなく答えてくださってね。病院にいらしたときも、心配で飛んできたって顔でしたよ」

内緒話でもするかのように告げられた看護師の言葉に、柚花の頬は赤くなった。

（怜二さん、病室に来たときは、なんでもないって顔してたくせに……。そっか、心配してくれたんだ。当たり前といえば当たり前なのかもしれない。夫婦だし）

とはいえ、愛されていると実感できて柚花の気持ちは温かくなった。それと同時に、心配をかけて申し訳なかったとも思う。

さらには記憶まで失ってしまった。しかし今は頭に異常は見られず、体も元気だという状態をとりあえず喜ぶことにする。

病院を後にして、佳代子とランチをしてからマンションに戻ると、玄関に怜二の靴を発見して柚花は驚いた。

「どうされました？」

「検査結果はどうだった？」

リビングで顔を合わせ、お互いの声が重なる。怜二の格好はスーツ姿で、今帰ったばかりのようだった。

（もしかして、気にしてたのかな？）

電話でもすべきだっただろうか、と反省して、柚花は明るい声で答える。

「異常なしでした。記憶に関しては、ふとした瞬間に思い出すかもしれないけれど、これればかりは先生もわからないって」

「頭や体に異常がないなら上等だろ」

　ぶっきらぼうに告げられながらも、にやけそうになるのが抑えられない。顔を隠してうつむき気味に怜二のそばに歩み寄ると、正面からそっと身を寄せた。

「怜二さん、ありがとうございます」

「急にどうした？」

　声には驚きが含まれていたが、怜二は柚花の肩に腕を回した。柚花は怜二の胸に顔をうずめて笑顔になる。

「なんとなく甘えたくなりました」

　甘えてもいいと言ったのは怜二だ。素直に今の気持ちを吐露すると、怜二は慈しむように柚花の頭を撫でる。こうして触れられるのは純粋に嬉しかった。

　緩やかに顔を上げると、怜二と視線が交わる。そして頬に手を添えられてから、おもむろに唇が重ねられた。

　触れられるだけのキスを幾度となく繰り返され、顔が離れる。

　じっと怜二を見つめていると、ふっと微笑まれ、柚花の頭に大きな手がのせられた。

「物足りない、って顔してるな」

「い、いいえ。私はっ」

　慌てて否定しようとすると、怜二はテーブルの上に置いてあった紙袋を柚花に渡してきた。感触からして本が一冊。

「ほら」

受け取って中身を確認すると、柚花の好きな作家の最新作だった。

「……ありがとうございます」

驚きと嬉しさで、柚花は表紙をまじまじと見つめた。発売されたばかりの新刊独特の香りがする。帯には【シリーズ史上最高傑作】と書かれているが、発売されるたびにそう言われている気がした。それでもこの煽り文句にいつも期待が膨らむ。

「一気に読むとぶっ倒れるぞ」

「怜二さん、過保護ですよ。大丈夫ですって。それに仕事も休んでいますし、頭を働かせないと鈍ります」

「これ以上、どう鈍くなるんだ」

「失礼ですね」

柚花は口を尖らせたものの、本をもらった嬉しさで怜二の発言も気にならない。早速ソファに座って読み始めようとしたが、不意に思い立ち、彼に尋ねる。

「すぐに会社に戻りますか？」

「夕方に一度戻る予定だ。少し家で仕事をしていく」

「じゃあ、コーヒー淹れますね」

軽い足取りでキッチンに向かう。『いらない』と言われなかったので飲んでいくと判断した。

「本ひとつで単純だな」

「いいじゃないですか。複雑よりもマシでしょ?」

「そうだな。単純でいてくれた方が扱いやすい」

コーヒー豆のケースに手を伸ばして応酬していると、自分で言ったとはいえ、怜二の同意に唇をへの字にした。

「怜二さんにとって私って、奥さんというより、子どもやペットみたいなものなんですね。なにげなく私のことを馬鹿にしすぎです」

「なにげなくどころか、ストレートにだけどな」

「あ、そういう切り返しします?　わかりました、怜二さんのコーヒーにはお砂糖四つ入れておきますね」

ぷいっとむくれて、コーヒーメーカーをセットする。すると怜二が無言でキッチンにやってきた。

さすがに言いすぎたかな、と柚花が思っている間も、怜二は柚花との距離を詰めてくる。そして突然、後ろから抱きしめられ、まさかの展開に柚花は狼狽えた。

「悪かった。機嫌直せよ」

耳元で囁かれた言葉は、どこか弱々しい。しかし今の柚花は、言われた言葉よりも体勢の方に意識を持っていかれ、動揺するばかりだった。

背中越しに伝わる体温も、回された腕の感触も、すべてが平常心を奪っていく。

「訂正する。お前は単純なようで意外と複雑だからな」

「意外と、はなくてもよくありません？」

「そうだな。だから、本ひとつで幸せそうにしてたらいいんだよ」

平静を装って返すと、怜二は柚花から離れた。どこか切なそうな言い方に、なにかを返そうとしたが柚花は思い留まり、コーヒーを淹れるのを優先する。

リビングにコーヒーのいい香りが立ち込め、カップに注ぐ。ソファに座って、買ってきた本を読み始めることにした。

怜二は自室に行くのかと思えば、柚花の斜め向かいのソファに腰かけ、ノートパソコンを開いた。

（私がいて気が散らないかな？　もしかして私が自室に行くべきだった？）

気を揉みながら怜二の方に視線を送る。彼は気にする素振りもなく、パソコンの画面を見つめていた。

真剣な眼差し、隙のない横顔。ネクタイをほどいているからか、余計な色香を増幅させていて、整った顔立ちを際立たせている。

彼が自分の旦那様なのだと思うと、柚花は改めて照れてしまった。一度肩をすくめ、意識を切り替えてから本の世界に集中する。

ところが百ページにも満たないところで、わずかに文字が揺れるのを感じた。焦点が定まらず、目をこする。

（これから面白くなりそうなのに……）

「柚花？」

目ざとく怜二が声をかけ、柚花は正直に答える。

「少し眠くなってきました」

（あ、また馬鹿にされるかも）

しかし怜二はなにも言わずにソファから立って、柚花の方に近づくと、彼女の手から本を取ってテーブルの上に置いた。

「ベッドに行くか？」

「大、丈夫です」

「よく言う」

困った笑みを浮かべる怜二を見て、柚花は悩む。

(どうしよう。おとなしく寝室に行こうかな。でも)

「ここで寝たら、駄目ですか？　……そばにいたいんです」

眠たくて頭の働きが鈍くなったのもあり、素直な想いを口にした。それを聞き、怜二は柚花の隣に腰かける。怜二がなにをしようとしているのかわからずに彼の方を見ると、肩を抱かれ、引き寄せられた。驚きで一瞬だけ目を見開いた柚花だが、怜二の膝を枕にする形で倒れ込む。

「えっと」

「ほら、そばにいるからさっさと寝ろ」

言葉遣いは乱暴なのに対し、声は優しかった。子どもの頃ならいざ知らず、大人になって膝枕をされるなど初めてで戸惑う。心臓が早鐘を打ちだし、羞恥心で体勢も気持ちも落ち着かない。

さらに怜二はなにげなく柚花の髪先に指を通し、労わるように頭を撫でた。

「……ワガママ言ってごめんなさい」

「ワガママってほどのことでもないだろ」

怜二の返答にホッとする。彼は柚花に触れるのをやめようとしない。柚花もやめてほしくはなかった。徐々に意識がまどろみだす。

「怜二さんが隣にいると、すごく安心するんです」

「……そうか」

怜二が今、どんな顔をしているのかは確かめられない。それが残念だ。怜二にとって自分はどうなんだろうか。同じ気持ちだったら嬉しい。

（だって、私に触れる怜二さんの手はこんなにも優しくて、温かい）

「怜二さん」

柚花は瞳を閉じて怜二の名前を呼んだ。

「よかったです。私たち、愛し合って結婚したんですね」

その言葉に、触れていた手が止まった……気がする。

柚花は静かに眠りについた。

「記憶喪失!?」

男性の大きめの声で、柚花の意識は水の中から浮かび上がったかのようにクリアになった。しかし脳からの反応に時差があるのか、体はすぐには動かせない。

柚花の体はブランケットがかけられ、ソファに寝かされていた。

「声がでかい。柚花が起きるだろ」

刺さるような怜二の声が耳に届く。誰と話しているのか、相手はどこかで聞き覚えのある声だった。

ソファの向こう側のダイニングで会話をしているらしい。柚花からは背もたれで死角だが、声の距離感で想像はついた。

（どうしよう。お客様が来ているのに、このままソファで寝ているわけにも。でも、どんな顔でここから起き上がればいいの⁉）

ふたりの視線を一気に引き受けるのは容易に想像できた。葛藤を繰り返し、柚花は結局起き上がるのを諦める。むしろ息をひそめて、この場をやり過ごすことにした。

（怜二さんも起こしてくれたらいいのに……）

聞こえてきた大きなため息は、どちらのものなのか判断できない。

「怪我はたいしたことないってお前から聞いていたし、見舞いに行ったときもそんな事態とは知らなかったから。……悪かった」

ここでようやく、怜二の話している相手が柚花にもわかった。

玉城蒼士――フルネームと顔を浮かべる。病院に見舞いに来た、柚花が歩道橋の階段から落ちる原因となった女性の孫だ。

　柚花が納得する間も、怜二と玉城の会話は続く。

「気にしなくていい」

「気にするだろ、普通。ようやくお前が結婚できたと思ったのに、相手が結婚したことも、それどころかお前自身のことさえも忘れているんだろ？　責任を感じずにいられるか」

　玉城の声は抑えられているものの、激昂《げっこう》気味だ。なんだか申し訳なく感じ、やはりフォローするべきだと柚花は起き上がろうとした。

「いいんだ。柚花は結婚した経緯も忘れている」

　しかし、怜二の言葉で体の動きどころか息さえも止めた。代わりに心臓がドクドクと音をたて始める。

「だから申し訳ないんだろ。彼女には話したのか？」

「話していないし、話してどうする？　医者にも言われているんだ。余計なショックを与えたくない」

「ショック？　なにがだよ。別に脅《おど》して結婚したわけじゃないし、ウィンウィンの関係だろ」

怜二からも話してもらっていない、自分たちの結婚事情。柚花はそこまで距離がないにもかかわらず、聞き耳を立てて意識を集中させる。

そして続けられた玉城の話は、思いも寄らぬものだった。

「彼女自身も、彼女の両親の事業もお前に救われ、お前は両親をはじめ、ずっと結婚しろってうるさかった周りを黙らせて納得させた。後は子どもでも作れば完璧だろうが、彼女がそんな状態なら……」

そこで携帯が音をたてる。持ち主は玉城で、彼は電話に出て話しながら部屋を出ていく。それに怜二が続いた。向かっているのは玄関の方で、どうやら帰るらしい。

人の気配が消え、静かになった部屋で柚花は大きく深呼吸した。

そして聞こえてきた情報を整理しようと頭を動かすも、うまくいかない。

(どういう、ことなの?)

わからない。仰向けになって胸に手を当てる。呼吸も思考も乱れて、怜二たちが話していた内容が受け止められない。だって、まるで取引のようだった。

(私たちは、愛し合って結婚したわけじゃなかったの⁉)

そのとき、リビングのドアが開く音がして肩を震わせた。玉城を見送った怜二が戻ってきたのだ。

どうしようと迷ったが、じっとしていられず、柚花はそっと上半身を起こした。体が固まっていたのであちこちが痛い。

「起きたのか？」

怜二の声には、わずかに動揺の色が交じっている。柚花は怜二の方に顔を向けられず、うつむいたままだった。

それを寝ぼけていると勘違いしたのか、怜二は静かに柚花の元へと近づいてきた。

「どうした？　気分でも悪いのか？」

心配そうに声をかけられ、なんだか泣きそうになるのを柚花はぐっと堪えた。

「……怖い夢、見たんです」

顔が上げられない。今、怜二の顔を見たら、なにを喋《しゃべ》るか自分でもわからない。

「お前、読んでた本に、もろに影響受けすぎだろ」

怜二が苦笑しているのが伝わってくる。柚花が眠る前に読んでいた本の冒頭では、なかなか強烈な殺人事件が起こる。

なんとか同意しないと、と思ったところで、腰を屈めた怜二が柚花を優しく抱きしめた。

「大丈夫だ。夢だろ」

小さい子どもにでも言い聞かせるような、穏やかな声だった。頭を撫でられながら、柚花はなにも言わず怜二に身を委ねる。

（そう、夢ならいい。全部、夢なら）

願ってはみたものの、これは現実だ。

怜二の温もりが、残酷なほどにそれを示していた。

夕方になり、会社に戻る怜二を柚花は玄関先で見送る。靴を履き終えた彼が、念押しする口調で柚花に告げる。

「柚花、極力早く帰ってくるから。ちゃんと待ってろよ」

「私、フラッとどこかに行ったりしませんよ」

口をすぼめて返したものの、複雑な感情が渦巻いていた。

自分の動揺を悟られないように怜二を送り出し、柚花は書斎のソファに腰を沈めた。

なんとか気を紛らわそうとするも、うまくいかない。

先ほどの怜二と玉城のやり取りが何度も頭の中で再生される。読みかけの本をぱたりと閉じて、膝を抱えた。

（そっか、そういうことだったんだ）

おかしいと思っていた。半年前には〝自社の社長〟くらいの認識だった相手と結婚しているのだから。怜二みたいな人と自分が恋愛結婚する方がむしろ不自然だ。

お互い好みのタイプではないし、お見合いでもないなら、なにかしら事情があったと考えるのが普通だろう。

『どうして私たちは結婚したんでしょうか？』

『結婚したいと思ったから』

（あれは私と、ってわけではなくて、結婚自体を指していたんだ）

『怜二さんって結婚しても、指輪とかするタイプではないと思っていたので』

『いい女よけだろ』

怜二がモテていたのも知っていたし、それでいてなかなか結婚せず、周りがやきもきしているというのも噂で聞いていた。

勝手に合点させるのもどうかと考え、両親に事情を聞いてみようと思い立つ。しかし、すぐに打ち消した。もしも両親がなにも知らないなら、余計なことは言わない方がいい。

『彼女自身も、彼女の両親の事業もお前に救われ、お前は両親をはじめ、ずっと結婚しろってうるさかった周りを黙らせて納得させた』

(私と、私の両親を、助けてくれたのかな)

柚花はぼんやりと考える。

(怜二さんならきっと、結婚相手は選びたい放題だ。あえて私を選んだのは、私と結婚したのは、交換条件みたいなものだったのかもしれない)

会社規模を考えても、ただの一社員の家庭事情に社長が介入するのは、妙な話ではあるが、結婚して妻となっていれば事情は違ってくる。

『医者にも言われているんだ。余計なショックを与えたくない』

(本当のことを話してもよかったのに。玉城さんの言う通りなら、私も納得して結婚したんだろうし。もしかすると私からお願いしたのかな?)

割り切った関係でも、契約結婚でも、今になってこんな真実を知るくらいなら、初めから教えておいてほしかった。無駄に優しくしないでほしかった。そうしたらこんなにも傷ついたりしなかったはずだ。

心の中で怜二を責める。けれど、言葉にのせる感情は怒りよりも悲しみだった。それを自覚してまた胸が締めつけられる。

(駄目だ。やっぱりショックだ。馬鹿な自分。彼の振る舞いに、愛されているって錯覚して)

目の奥が熱くなるのを我慢し、柚花はさらに身を縮めて丸くなる。

（苦しい。結婚しているから、記憶をなくす前の私が彼のことを好きだったからって、なんの疑いもなく私は怜二さんに惹《ひ》かれていると思っていた。でも、違っていた）

柚花は病院に怜二が訪れたときから今までの出来事を、順々に振り返る。

（記憶をなくして、ほぼ初対面の関係から始まったけれど、怜二さんと一緒に過ごして、彼を知っていって、好きになって。それは全部、今の私の気持ちだ）

ぶっきらぼうで怖いと思っていた。でも、実はちゃんと自分を見て、考えてくれているのだと知った。強引なくせに無理をさせることはなく、誰よりも優しいのだと、柚花にはわかっている。

怜二に触れられたり、彼が隣にいたりすると、すごく安心できる。そばにいてほしいと願ってしまう。

しかし、自分のこの気持ちが怜二にとってはどういうものなのか、柚花には見当もつかない。もしも割り切って結婚したのなら、迷惑にしかならない。

（私は怜二さんのことをどう思って結婚したんだろう。怜二さんは？）

「……私のこと、少しは好きだった？」

顔を上げて呟いた言葉は、部屋の空気にさっと消えた。そこでふと、柚花の目にあるものが留まる。

迷いながらソファを下りて、お目当ての本のところに歩を進めた。

手を伸ばしたのは『リープリングス』だ。読む気にはなれないが、興味本位に六巻を手に取ってみる。

「あれ？」

最初の数行を読んだだけで、妙な既視感に襲われた。読み飛ばしながらページを捲るが、既視感は強まるばかりだ。

それどころか、この後のストーリーがわずかに頭の中によぎる。

(もしかして私、これ、読んだのかな?)

試しに七巻、八巻と続けて確認してみるが、結果は一緒だ。

記憶を失ってから初めての『思い出す』という感覚に、夢中で次々と続刊を手に取っていった。

だからどうなるわけでもない。きっと怜二と結婚して、続きが気になっていたこのシリーズを読んだんだろう。わかる事実はそれだけだ。

ついに最終巻まで行き着き、本の表紙を捲った。そのとき、なにかが挟まっているのに気がつく。

四つか五つ折りにされている用紙だった。この本の持ち主が怜二だと考えると、勝手に見るのは失礼だ。

ただ、このときの柚花には迷いやためらいなどがまったくなく、なにかにつき動かされる勢いで丁寧に用紙を開いていった。そして中身を確認して、息が止まりそうになる。

ドラマや映画でしか見たことがないA3用紙は、本物の〝離婚届〟だった。しかも空白じゃない。ふたり分の氏名や住所を記す欄に、片方だけが記入されている。

見慣れた字は間違いなく、本人が書いたのだと主張していた。

【天宮柚花】と。

「なん、で?」

愕然として、用紙を持つ手が震えた。

(どういうこと? どうして私は離婚届を書いたの? 私は怜二さんと別れたかったの?)

『お前、俺と別れたいのか?』

ふと脳裏によぎった怜二の台詞に、眉をひそめる。

(今のは、なに? すごくリアルで、悲しそうな顔だった)

頭がズキリと痛む。

両側のこめかみを支えるように触れた。なにかが押し寄せてくる感覚に、意識が飛びそうだ。

痛みは徐々に増していき、頭蓋骨が割れるのではないかと本気で思う。

柚花は頭を押さえて、その場にうずくまった。

記憶のカケラ　五つめ

柚花はふと手を止めると、左手を握って開いてを繰り返してみた。そして、もらったばかりの結婚指輪をぎこちなく見つめる。

婚約指輪の方は、ケースの中にきっちりしまわれている。結婚指輪に合わせて婚約指輪も贈られたのだが、婚約期間がほぼない自分たちには必要性も感じられず、丁重にお断りしようと思ったのに、すでに現物が目の前にあったのだからしょうがない。

大きさも輝きも充分すぎるほどのダイヤモンドのついた婚約指輪を見て、いくらくらいだろうかと想像するのもはばかられた。嬉しく思うよりも恐縮してしまい、お礼を告げてから『普段使いは難しいかもしれない』と申し訳なさげに伝えると、贈り主である怜二は『別にかまわない』と、さしてこだわりもなく答えた。

けれど、結婚指輪の方はずっとつけておけと、そこだけは意見を主張してきたので、柚花はおとなしく従っている。

つけ心地はけっして悪くないのに、まだ慣れていないからか、左手の薬指がどうしても重く感じてしまう。

（いつか、この指輪がしっくりくる日が訪れるのかな？）

柚花の誕生日を迎えた翌日、入籍を済ませてから、怜二は予定通り二週間の出張に行ってしまった。その間、柚花はこうして仕事の合間を縫って荷造りを進めている。怜二が戻ってきてからは、彼のマンションで一緒に住む段取りになっているので、その引っ越し準備だ。

恋愛経験がほぼない自分が結婚して、さらには男性と一緒に住む事態に、もう緊張しかない。左手の薬指に指輪をはめた経験ももちろんなく、何度も見ては確かめてしまう。

（私、本当に結婚したのかな？）

無事に婚姻届が受理されたので、今の柚花は『平松柚花』ではなく『天宮柚花』になっている。しかしまったく実感が湧かない。

しかも結婚した相手が相手だ。自分のグループ会社の社長である。怜二みたいな男性と結婚するとは、彼に初めて出会った頃には考えられない未来が現実となっている。

（それは怜二さんにも言えるんだろうけど）

柚花は再び手を動かし始めた。

そして十一月半ば、怜二が帰ってきてからマンションで始まった結婚生活は、思ったよりも楽しいものだった。本があるから会話には困らないし、同じベッドで寝るものの、キスより先のことは求められない。

このマンションに初めて足を運んだあの日も、そうだった。書斎で興奮気味にはしゃぐ柚花に呆れつつも、どこか穏やかな顔で、怜二はその様子を見つめる。それから同じベッドに入り、お互いのことをぽつぽつと語り、これからについて話し合った。不意に会話が途切れた瞬間、先に動いたのは怜二で、柚花を大事そうに抱きしめた。逸る鼓動を抑え気味に、この後の展開を受け入れようとした柚花だったが、軽く口づけられただけで、それ以上のことはなかった。

結婚生活はその延長線上だったが、柚花に大きな不満はなかった。共に過ごす中、時折見せる怜二の優しい笑顔が好きで、キスもするし、それなりのスキンシップだってある。

軽口を叩き合って、なにげない話で笑い合う。幸せで満たされていた。

(よかった。彼と結婚して)

正式に怜二のマンションで一緒に住みだして、四日目の夜。柚花は自室で異国にいる母とパソコンでの通話を楽しんでいた。

　フランスとは時差が八時間あり、こちらはもう深夜だ。母と互いの近況報告などをして、日付が変わりそうなところで、そろそろ会話を終了させようとした。

　さっきから幾度となく睡魔に襲われ、柚花はあくびを噛み殺す。

『いつも言っているけれど、本当に怜二さんにはよろしくお伝えしておいてね』

「はいはい。そう何度もお礼ばかり言われても、怜二さんも耳にたこができちゃうんじゃない？」

『ふふ、そうね。でも本当にお世話になったから。それにしても、柚花と怜二さんの子どもなら、きっと可愛いわよね。今から想像するだけで楽しみだわ』

「……と、突然、なに言ってるの⁉」

　さらりと話題を振られ、母からのなにげない言葉に、柚花は大げさなくらい狼狽えた。対する相手はパソコン画面の向こうで首を傾げている。

『気が早すぎたかしら？　でも親としては、次に楽しみにするのはそこでしょ』

「そう言われても……」

　歯切れ悪くも小さく返すと、柚花とよく似た雰囲気をまとう母は、目尻を下げて笑った。

『まあ、まだ新婚だし、ふたりの時間を楽しむのもいいわよね。遅くまでごめんなさい。あ、佳代子にもよろしく伝えておいてね』

なにか言おうとする柚花をさらっと無視して、母は自分の言いたいことだけを告げ、通信を切った。

柚花は口元に手をやり、肩をすぼめる。

「子ども、か」

結婚イコール子どもというわけでもない。ただし、怜二の立場を考えたら子どもの存在を無視するわけにはいかないことくらい、柚花にもわかっている。そもそも彼が周りに結婚を急かされていたのには、そういう理由もあったはずだ。

とはいえ、自分たちは子どもを考える以前に、まだそういう関係になっていない。

(これってやっぱり、おかしいのかな? 結婚までしておいて……)

柚花はパジャマの裾をぎゅっと握りしめる。

怜二が出張から戻ってきた日、いわゆる初夜。柚花だって経験がなくても、知識くらいはある。初めてマンションを訪れたときはともかく、もう籍も入れて結婚したんだからと、自分なりに覚悟を決めてベッドに入り、怜二に身を寄せてみた。

けれど怜二はキスをして、柚花を抱きしめると、それ以上なにもする気配を見せない。柚花は戸惑いながらも、自分からなにか行動を起こすこともできず、一線を越えられないままうやむやになってしまったのだ。その状態が今も続いている。

(怜二さんは経験豊富だし、どう考えても原因は私の方にあると思う。気を使わせてしまっているのかな。それとも……)

はっきりとした答えが出せずに、柚花は自室を出て寝室に向かった。

(怜二さん、先に寝ているかな?)

そうであってほしい気持ちと、ほしくない思いが相反する。

そのとき書斎の方でなにやら話し声が聞こえたので、思わず足を止めた。深夜の静まり返った廊下には部屋からの声がよく響く。

無視して先に寝室に行こうかとも思ったのだが、忍び足で書斎に向かった。

(一応、顔を出してからにしよう)

ところが、ドアに手を伸ばしたところで聞こえてきた言葉に、大きく目を見開いた。

「どうだろうな。誰と結婚しても同じだったんじゃないか?」

はっきりと怜二の声が耳に届く。言葉の意味がすぐに呑み込めず、なにかの魔法にかかったみたいに、嫌な汗が背中に伝っていった。

さらに続けられた言葉は、今度こそ柚花の胸に刺さった。

「しょうがないだろ。愛し合って結婚したわけでもないんだ」

息も足音も殺してその場を離れる。ベッドに一目散に向かうと、乱暴に頭から潜った。そして、さっきから無限ループで脳内に再生される怜二の言葉に、耳を塞ぎたくなる。自分の能天気さを呪うしかできないが、怜二を責める気にもなれなかった。

(だって、怜二さんの言い分は全部正しい。私たちは愛し合って結婚したわけじゃない。彼が結婚相手にこだわっている様子がなかったのも知っている。だからって……)

涙腺が緩みそうなのを、体に力を入れて必死に耐える。傷つくのさえおこがましく感じた。

(もしかして、キスより先をしないのも、そういう理由なのかな。私のことを好きでも、愛してもいないから？)

うまくいっていると思っていたのは、自分のひとりよがりだったのでは、と不安になる。多少のスキンシップがあるからと安心していたが、それが怜二なりの妥協だと考えれば、幸せに受け入れていた自分はまさにピエロだ。

疑問が浮かんでは消えてを繰り返す。でも、どれにも明確な答えは出せない。悶々とする頭を振って、一度考えをリセットさせた。

(両親のことがあったとはいえ、誰と結婚しても同じなのに私を選んでくれた。誰で

もよかったのなら、私を選んでよかったって思ってもらえるように頑張ればいいだけ)

自分に言い聞かせて、柚花は心の奥底にある気持ちに蓋をした。

ところが、それから頑張ろうと思えば思うほど、家での柚花は空回ってばかりだった。料理を失敗したり、怜二から頼まれていた用事を忘れたりするなど、些細《ささい》なミスが増えていく。呆れながらも特に気にしていない様子の怜二に謝罪しながら、柚花はまるで大罪を犯したかのごとく、重く受け止めていた。

この不調を仕事には持ち込むまいと気が張り、心休まる時間がなくなっていく。同時に、怜二に触れられるのが怖くなった。前はあんなに癒されて、幸せだったのに、彼が自分に触れる理由をあれこれ考えだすと、どうしても素直に受け入れられない。

(結婚しているからしょうがなく? それともキスくらいまでなら、なんでもない?)

妙な緊張感は怜二にも伝わり、心配そうな面持ちで『どうした?』と尋ねられても、理由を口にはできない。怜二の切なそうな顔を見て、原因が自分にあるのだと思うと、柚花の心も沈んでいく一方だった。

(私、奥さんとして全然駄目だ。怜二さんには両親の件でもお世話になりっぱなしなのに。愛想尽かされても文句言えない。このままじゃ私……)

そこで柚花はひとり、ある決意をし、こっそりと行動に出る。

十二月に入ったある平日の朝、有休消化のために仕事が休みの柚花は、比較的ゆったりと支度していた。

怜二は出社するまで書斎で本を読んでいる。そろそろ呼びに行こうかと時計に目をやったときだった。彼が険しい顔でリビングに戻ってきて、柚花に問いかけたのは。

「柚花。なんだよ、これ」

怜二の持っていたものを見て、柚花は大きく目を見張る。それはリープリングスの最終巻に挟んであった、片方の欄だけ記入済みの離婚届だった。

「最近、妙によそよそしいし。お前、俺と別れたいのか？」

見たこともない怜二の表情に、柚花はすぐに否定する。

「ち、違います。そうじゃなくて」

「なら、なんなんだよ！」

「それは……」

いつもより感情を露わにした怜二に圧倒され、言葉を失う。そんな柚花を見て我に返ったのか、怜二はすぐにはっとした面持ちになった。次に自分の腕時計を確認すると、力強く柚花の腕を掴んだ。

「柚花、今日は極力早く帰ってくる。お前の話もちゃんと聞く。だから待ってろ、どこにも行くなよ」

必死さが込められている怜二の言葉に、柚花はぎこちなくも静かに頷いた。怜二が柚花の腕を引いたので、ふたりの視線は至近距離で交わる。

「いいか。お前は俺のものなんだ。誰にも渡したりしない」

射貫くような眼差しと力強い言葉に、腕が離されてからも柚花はしばらく動けなかった。怜二はさっさと踵を返し、家を後にする。

いつも当たり前だった『いってらっしゃい』さえも、今日は言えなかった。玄関ドアの閉まる音が耳に届き、静まり返ったリビングでその場にへたり込む。そして両手で顔を覆った。

(私、なんで怜二さんにあんな顔――)

感情をぶつけてきた怜二の顔にあったのは、怒りでも不快でもなかった。

(傷つけた。私の勝手な気持ちで、一方的に。……どうしよう)

柚花は泣きだしそうになるのをぐっと堪える。ここで自分が泣くのは違う。今、必要なのは腹を括り、怜二とちゃんと向き合うことだ。

(もう、ひとりであれこれ考えるのはやめて、ちゃんと怜二さんと話し合おう。どう

いう形であれ、私たちは夫婦なんだから。自分の気持ちを伝えて、彼の本音も教えてもらいたい)

テーブルの上に置かれた離婚届をじっと見つめた。まさか怜二に見つかるなんて思いもしなかった。

どうしようかと迷ったが、話し合い次第では必要になるかもしれない。これは柚花の決意だった。だからとりあえず再び本に挟み、元の場所に戻しておく。これについても話さなければいけない。

とにかく怜二が帰ってくるまで、じっとしていてもしょうがない。柚花は買い物に行こうと決めた。

せっかくなので怜二の好きなカスレを作ることにする。マンションに住み始めた頃、得意料理だと彼に振る舞うと、意外にも気に入った様子だった。

材料を揃えるには少し遠出が必要だが、せっかくの休みだ。

外の気温を確認し、ピンクのチェスターコートを羽織って家を出た。吐く息は白いが、歩いているとそれなりに体も温まってくる。なにより、この冷たさが自分の頭を冷やしてくれる気がした。

目的地に向かう途中の大通りを渡るには、歩道橋を使うしかなく、低めの階段を速めの歩調で上がっていった。

無心でいた柚花に、女性から声がかけられる。相手は綺麗な老婦人で、「寒いですね」など他愛ない世間話から始まり、渡りたい方向が一緒だったのもあって、なにげなく会話をしながら歩いていた。

「あなた、どこか元気がないわね。気分でも悪いの？」

他人に指摘されるとは、よっぽどらしい。『なんでもないですよ』とすぐに柚花はごまかそうとしたが、ふと思い留まる。そして正直に自分の心情を告白した。誰かに聞いてほしい気持ちもあったのかもしれない。

「……実は今朝、夫と喧嘩しちゃったんです。私が一方的に彼を傷つけて……。私が悪かったから、彼の好きなものを作って仲直りしたくて」

「そうなの。でもあまり思いつめないで。夫婦なんだもの、喧嘩があって当たり前よ」

かけられた言葉に、柚花は目を丸くした。

「そう、ですか」

すると老婦人は茶目っ気たっぷりに笑う。

「そうよ。私も何度主人と喧嘩になったことか。でも、そういうのを乗り越えて夫婦の絆《きずな》は強くなっていくものよ。お互い好き合って結婚したんだから、きっと大丈夫」

今はその言葉が、逆に柚花には刺さった。

自分たちは愛し合ったわけでも、好き合っていたわけでもない。怜二にとっては、たまたま両親のことで困っている社員が目の前にいたから、助けるつもりもあって結婚しただけなのかもしれない。

『誰と結婚しても同じだったんじゃないか？』

（……彼は結婚相手にこだわっていなかった。私の一方的な片想いだ）

そこで柚花は改めて自分の気持ちを知る。怜二の発言を聞いて、こんなにもショックを受けたのは、彼のことが好きだからだ。

結婚してもらったから、と負い目だけを感じて頑張ろうとしたわけじゃない。自分と結婚してよかったと思ってほしくて、柚花自身を必要としてほしかった。

（私、いつの間にこんなに欲張りになっていたんだろう）

気持ちを自覚して、顔を歪める。

自分たちはたくさんの事情が重なり、相手どころか、自分の気持ちさえはっきりと確かめずに結婚してしまった。

どうしてもっと単純に、素直な感情だけで結婚できなかったのか。そもそも感情だけなら結婚はしていなかったもしれない。そうだとしても——。

（もう一度、やり直せたらな）

夢みたいなことを願う。

また怜二と出会うところから始められたら、今度は自分の気持ちを伝えたうえで、彼に結婚を考えてもらいたい。

あっさりフラれて終わりかもしれないし、鬱陶しそうな顔をされるだけかもしれない。だけど、それでもいい。自分の気持ちだけはきっと変わらない。だから、知りたいのは相手の本音だ。怖くて逃げてしまったが、彼としっかり向き合わなくては。

ぼーっと考え事をしながら、柚花は老婦人を支える形で手を握り、階段を下りる。すると、不意に横にいた老婦人が体勢を崩した。

頭で考えるより、脊髄で反応する。老婦人を引き上げる手に力が入り、その反動で柚花の体が前のめりになった。

なにもかもがスローモーションで瞳に映る。時の流れが止まったかのようだった。

（駄目！　私、彼と話さないといけないの。家で待っていないと。伝えたいことがあるのに……！）

真剣です、
お互いに本音をぶつけてみましょう

外からの人工的な明かりが部屋に差し込み、暖かい空気を出すエアコンの稼働音だけが室内に響く。

柚花がソファで膝を抱えていると、ぱっとリビングの電気がついた。突然の明るさに眉をひそめ、目を瞬かせる。

「電気もつけないでどうした？　てっきり寝ているのかと」

柚花はしっかりと焦点を定めてから、ゆっくりと立ち上がり、近づいてくる怜二の方に向き直った。

「おかえりなさい、怜二さん」

彼の目を見て告げると、顔をくしゃりと歪めた。

「ごめんなさい。待っていろって言われていたのに」

怜二は一瞬、意味がわからないという顔をしたが、柚花が手にしているものに目をやり、すぐに状況を悟る。柚花が持っていたのは、彼女の欄だけを記入した離婚届だ。

「思い……出したのか？」

「……はい。変ですね、もっと嬉しそうな顔をしてくださいよ」

複雑そうな顔をする怜二に、柚花はわざとらしく彼から視線をはずして下を向いた。指摘しておきながら、今の柚花の表情も怜二と似たものだった。

柚花が震える声で口火を切る。

「別れたいわけじゃなかったんです。これを書いたのは……覚悟、のつもりでした」

今、怜二がどんな顔をしているのか柚花には見えない。本当は彼の目を見て伝えるべきだ。覚悟と言っておきながら、それは怖くてできなかった。

息を吸って吐くのさえ心許《こころもと》ない。意識しても声を出すのがこんなに難しいのだと、初めて感じた。喉の奥をぐっと締めつけて力を入れ、柚花は続ける。

「もしもこの先、怜二さんが私と一緒にいるのが嫌になったら、もしも怜二さんが本当に結婚したいって思える相手が現れたら……そのときは別れるつもりでいるって。ちゃんと割り切っているって」

不安だった。いつか彼から『いらない』と、『もう必要ないんだ』と、この結婚生活に終止符を打たれるのが。

自分に拒否する権利はない。だからそういう事態になっても受け入れられるように、自分を戒めるために用意した。

完全な自己満足。怜二の顔を見るまで、それがどれほど身勝手なものだったのか柚花は思いもしなかった。

「ごめん、なさい。助けてもらったのに、私、全然いい奥さんになれなくて……」

どうしても自分のすることすべてが裏目に出てしまい、記憶を失ったのも申し訳なくて、深くこうべを垂れる。目の前に怜二の気配を感じるものの、胸が痛くて顔を上げられない。

そのとき、両肩を強く掴まれたかと思うと、顎に手を添えられ、強引に上を向かされた。

「助けた？　馬鹿言うな。俺がそんな優しい男じゃないのを知ってるだろ。奪ったんだよ、お前の気持ちも無視して。誰にも渡したくなかったから」

深い色を宿した瞳が、至近距離でこちらをじっと見据える。切なそうに言われ、柚花は何度か口を動かしたが、すぐには声にならなかった。

「……っ、だって、怜二さん、誰と結婚しても同じだったんでしょ？　私じゃなくても――」

「違う。誰と結婚しても同じなのは、俺じゃなくて柚花だろ」

遮って放たれた発言に、柚花の黒い瞳孔が大きく揺れる。怜二はつらそうに顔を歪めると、柚花の頬に触れた。

「お前は俺じゃなくても、きっと相手が誰でも自分の力で幸せになっていた。現に、そのつもりだったんだろ」

　否定できず、柚花は言葉を濁す。けれど、目は逸らさずにいた。すると怜二の形のいい唇がおもむろに動く。

「あいにく俺は、好きな女がどこにいても、誰の隣でも、幸せにさえなったらいい……なんて高尚な考えは併せ持っていないんだ。どんなことがあっても自分の手で幸せにする。だから、お前は俺の隣で幸せになっていたらいいんだよ」

　真剣な眼差しと、まっすぐな怜二の言葉が引き金になり、瞬きをした瞬間、柚花の見えていた世界は一瞬で滲んだ。ずっと堪えていた涙が、感情と共に外に溢れだす。

　頬に伝う涙が、添えている怜二の手を濡らすが、彼は気にすることもなく柚花の目尻を指先で優しく撫でた。その仕草がさらに柚花の涙腺を緩ませる。

「っ、なに、それ。なんで私が、怜二さんと無理やり結婚したみたいになってるんですか」

　責める口調なのに、涙を流しながらだから、どうも声に迫力はない。怜二は眉を上げ、むっとした顔になった。

「それはこっちの台詞だ。俺にここまでさせておいて、お前もどういう勘違いをしてるんだよ」

「だ、だって怜二さん、結婚に対してかなり冷めていたし、結婚相手が誰でも同じだった、みたいなのを聞いたから。それに私をどう思っているか、ちゃんと言ってくれたこともないし。好きとか、愛してるとかも……」

しどろもどろに言い訳めいたものを口にする。最後のはどう考えても蛇足だった。言葉をねだるつもりではなく、彼の本音が知りたかっただけなのに。

「今、言ってやっただろ」

「そう、かもしれませんが……」

どう続けようか迷ったところで、怜二が目を閉じてなにかを決心したように軽く息を吐いた。

「言い損にさせるなよ」

そう告げて、日に焼けていない柚花の白い額に、自分の額をこつんとぶつける。ふたりの距離はお互いの吐息を感じるほど近くなった。

「女も結婚もなにもかもが面倒で、割り切って考えるのが最善だとずっと思っていた。でも、柚花に会って変わったんだ。俺が自分の手で幸せにしたいと思うのは、お前だけだよ。……愛してる」

言い終わるのとほぼ同時に、怜二から口づける。唇から伝わる彼の温もりに安心して、柚花は目を閉じておとなしくキスを受け入れた。

けれど、素直に身を委ねたくなったところで思い留まり、柚花から口づけを中断させる。そしてやや不服そうな面持ちの怜二に、たどたどしく話しだす。

「私、怜二さんの言う通り、相手が誰でも結婚して好きになって、自分で幸せになろうって思っていました。頑張って前を向いて、相手を好きになる努力をして。でも、怜二さんに出会って、本当にできるのかって気持ちが揺れて、ずっと前を向いてはいられなくて……」

苦しかった。怜二に惹かれていく気持ちを必死に押し殺して、会いたい気持ちと会いたくない気持ちがいつもせめぎ合っていた。怜二と会うと決意が鈍って、自分が弱くなった気がした。何度、こんなのは自分らしくないと心の中で叱責したかわからない。それでも柚花は怜二に会うことをやめられなかった。

「どんな状況でもプラスに捉えて、いいことにも悪いことにも意味を持たせられる。自分で気持ちを切り替えて前に進んでいける。お前のそういうところは、本当に立派だよ」

唐突に語られる怜二の言葉に、柚花は不意をつかれる。怜二は一度言葉を切ると、骨ばった大きな手で柚花の頭に触れた。髪と同じ深い黒色の瞳は、けっして揺れない。

「でもな、いつもいつも無理して前ばかり向かなくていいだろ。たまには立ち止まって、隣を向いて寄りかかってこい。そばにいてやるから」

きっと今の自分は、情けない顔をしているに違いない。浅い息を繰り返すたびに、涙が目尻から押し出されて流れていく。うまく笑えない。それでも柚花は声にして怜二に尋ねる。

「それは……ずっとですか?」

怜二は肯定するように口の端を上げ、いつもの余裕のある笑みを浮かべる。

「そうだ。柚花が嫌だって言っても、もう離さない。言っただろ。俺たちは結婚したんだ。お前は俺のものなんだよ」

言い方は傲慢なくせに、告げる表情は優しい。だから柚花は目を細めた。口にはしなかったが、彼の理論でいけば、怜二のことも自分のものだと思ってもいいらしい。

「にしても、柚花の泣き顔、初めて見るな」

ふと、怜二の親指が柚花の目元を滑る。穏やかで、からかう口調ではなかったが、さすがに柚花は恥ずかしくなった。こうして泣くのはいつぶりだろう。

「お、お見苦しいものを、すみません」

「いや。少し安心した。それに、そういう弱いところを見られるのも夫婦の特権だろ」

なにげない怜二の仕草や言葉ひとつひとつが柚花の心に沁みて、目の奥を熱くさせる。柚花は思いきって自分から怜二に抱きついた。

隠し事を白状するように、蓋をしていた自分の中の感情をようやく解放してやる。

「本当は、ずっと惹かれていました。本だけじゃなくて、怜二さんと一緒に過ごす時間がすごく楽しみで、大事だった。思い出作りのつもりだったのに、ずっと続けばいいなって、いつの間にか願っていて」

いつからとか、この出来事とか、はっきりしたきっかけは、もはや思い出せない。全部、いつの間にか。揺るがない柚花の固い決意も気持ちも、なにもかも怜二にさらわれてしまった。

（怜二さんはどうだったんだろう？）

口にしかけて、柚花は考え直す。今でなくても、それはゆっくり聞いていけばいい。結婚するまで時間を取れなかった分、これからは時間をかけて、お互いの気持ちを伝え合っていけばいい。

（だって、私たちは結婚したんだから）

そっと体を離し、柚花は下から覗き込んで、怜二と視線を交わらせた。

「私も頑張りますから、私だけじゃなくて、怜二さんも一緒に幸せになってください」

怜二は瞳孔を拡大させ、ややあってから顔を綻ばせた。

そして、柔らかくて優しい表情で笑う。

「負けるよ、お前には」

どちらからともなく唇を重ねる。

今度こそ柚花は、余計なことをなにも考えず、怜二とのキスに溺れることができた。

記憶のカケラ　さいご

十月の第四金曜日。柚花の誕生日はいよいよ来週に迫っていた。怜二と気まずい別れ方をしてから二週間が経過し、今日リープリングスに顔を出すかどうか、柚花はすごく迷った。

十月になると過ごしやすくなる反面、日中の寒暖差が広がりを見せ、体調を崩しやすくなる。柚花も先週、疲労が溜まったからか体のだるさが抜けずに、バーに足を運ぶのを断念した。そういうわけで期間が空いた分、気まずさもひとしおで、踏み出す一歩が重い。しかし、どうしても今日を逃すわけにはいかない。

初めて訪れたとき以上に緊張して、バーのドアを開けた。怜二は珍しく先に来ていて、定位置である奥の席で本を読んでいる。

ちらりと怜二が柚花の方を窺ったので、ドアのところに立つ彼女と目が合う。

しかし、すぐに怜二の視線は本に戻された。傍らにあるスコッチの入ったグラスに口づける。

「柚花ちゃん、こんばんは」

別の角度から声がかかった。今日は島田も訪れていて、いつもの席から柚花に気さくに声をかける。彼の話し相手をしていた近藤は、柚花が先週来ていなかったのをさりげなく心配した。ずっと通いつめていたから無理もないのかもしれない。

柚花は極力明るく、手短に事情を説明して席に着いた。ここで距離を取るのも妙だと思い、お決まりとなった怜二の隣へ。

「怜二さん、これ、ありがとうございました」

「ああ」

いつものやり取りさえ緊張してしまう。柚花が借りていたリープリングスを返すと、怜二から続きを渡される。これを読んだら次はいよいよ最終巻だった。

感慨深く、柚花は表紙をじっと見つめ、バッグにしまう。

「怜二、来週末からまたドイツに出張なんだろ」

近藤に話を振られ、怜二は読んでいた本を閉じる。来週末から例の共同プロジェクトのため、怜二は二週間ほどドイツへ行くことが決まっていた。

「オクトーバーフェストの時期が微妙にずれてて、残念ですね」

「残念って、遊びに行くわけじゃないんだぞ」

柚花の軽口に、怜二は気が重そうに返してきた。内心では緊張して投げかけた言葉だったので、彼の反応に心の中でホッとする。

きっかけさえ掴めれば、後はこっちのものだった。その後もなにもなかったかのように柚花は振る舞えた。

「柚花ちゃん。来週、怜二は出張の準備で来ないらしいけど、気にせずおいでよ」

「そうそう。むしろ俺とデートしよう」

帰り際に近藤と島田のそれぞれから誘い文句を告げられ、温かい気持ちになる。笑顔で礼を告げてから、柚花は店を後にした。

これもいつも通り、怜二とふたりきりになる。場所もシチュエーションも重なり、遠ざけていた二週間前の記憶が嫌でも思い出され、静まっていた柚花の心臓が存在を主張し始める。

そもそも自分からなかったことにすると言ったのだから、二週間前の出来事はどちらにとっても忘れた方がいい。今、柚花が怜二に伝えるべきことは他にあった。

「怜二さん」

今日は二週間前とは逆で、エレベーターのボタンを押そうとする怜二に柚花が声をかけた。ためらいは消え、まっすぐに彼の目を見つめてから頭を下げる。

「今まで、ありがとうございました」

　突然のお礼に、怜二は訝しげな表情になった。けれどそれを気にせず、柚花は一方的に先を続ける。まるでなにかを宣誓するみたいに言い放った。

「今日で、リープリングスを訪れるのを最後にします」

「それは――」

「あ、怜二さんのせいとか、そういうのじゃないんです。私、結婚するんです」

　慌ててフォローをして、そのついでくらいで、さらっと告げたつもりだった。しかし柚花の発言は場に沈黙をもたらす。

　場の空気に耐えきれず、柚花は怜二からわざとらしく目を逸らして下を向くと、聞かれてもいないのに語り始める。

「相手は両親がお世話になっている方の息子さんで、私も何度かお会いしたことがあるんですが、先方がぜひ！とおっしゃってくださって。私も二十六になりますし、いいかなって」

「で、どうして今日が最後になるんだ？」

　怜二の声から感情は掴めない。柚花の最初の勢いは消え失せ、声を絞り出す。

「それが……相手の方が、古風というか、わりと厳しい方で。女性がバーに行くどころか夜にひとりで出かけるのも言語道断と言いますか。ピアスも、髪を無駄に伸ばすのも、よく思わない人ですから……」

怜二は軽く鼻を鳴らした。

「つまらない男だな」

「やめてください！」

反射的に柚花は噛みつく。

「前に話した、私の『恋をするためのリスト』にぴったり当てはまる人なんですよ。優しそう、誠実、真面目、煙草もギャンブルもしない、浮気もしそうにない。それから……」

そこで柚花は口をつぐむ。

今、怜二相手にこんな話を必死で訴えてどうするのか。

「とにかく、結婚する相手の意向を無視するわけにはいきませんから。その代わり、結婚したら難しそうなことをしてみようと思ったんです。バーに行くのも、夜遊びをするのも、ピアスの穴をあけるのも」

ひとつひとつを思い出して噛みしめる。まさかこんなに連続してバーに通うとは、柚花自身、思いもしなかった。こんなに大切な出会いがあるとも。

「ちゃんと叶《かな》えられました。だから心残りもありません。私のワガママにたくさん付き合ってくださって、感謝しています」

「たいしたことはしていない」

「キスもですか？」

すかさず切り返すと、怜二が目を見張る。少しだけでも彼を動揺させられて、柚花はこっそりと満足した。そして顔を強張らせながらも、無理やり笑顔を作る。

「この週末、両親が帰国して、来週の頭にでも相手の方とご両親にお会いするんです。さすがに婚約っていう形を取ってしまってからは、まずかったと思いますが……」

自分からなかったことにすると言ったのに。こんなふうに話題に出してしまい、自己嫌悪でわずかに眉をひそめる。怜二もきっと困っているのだろう。

でも、これくらいは許してほしいのが本音だ。もう機会がないのだから。最後くらい、自分のことで彼の心を揺らしてみたかった。

きつく唇を噛みしめる。

「……これで終わりにするので、最後にもうひとつだけ、ワガママを聞いてもらえませんか？」

大きくない声が、静かなフロアによく響いた。怜二の返事を待たずに続ける。

「リープリングスの結末を教えてほしいんです」

力強い声だった。

今日怜二から借りた本は、昼間にここを訪れて、近藤にでも預けておくつもりだ。ただ、怜二から次の最終巻を借りるのはもう難しい。同じ会社とはいえ、社内でのふたりに、ほぼ接点はない。

ここまできたら終わらせておきたい。自分の中で完結させる。読むのが叶わないのなら、結末はできれば怜二の口から聞きたかった。

「そこまで気になるのか」

「気になりますよ。だって、ルチアに婚約者ですよ？　しかもルチアの作った『恋をするためのリスト』にぴったり当てはまる青年ですし。ルチアも結婚する気で、マーティンも動きそうにないし。やっぱり主役ふたりは――」

「あれは、好みのタイプを並べたリストなんかじゃない」

「え？」

柚花の言葉を遮った怜二は、射貫くような眼差しで柚花を見つめた。

「ルチアは婚約者の存在を知っていたし、結婚を逃れられないのもわかっていた。だから、あれは婚約者を好きになるために、正確には〝婚約者と〟恋をするためのリストだったんだ」

「そう、だったんですか」

柚花は力なく答える。ずっとヒロインが大事にしてきたリストが、まさかそんなことのためのものだったとは。

「お前は、どうなんだ？」

続けて紡がれた言葉に、動揺を隠せない。追いつめられて、必死で取り繕っているなにかを壊されそう。怜二の言葉にも表情にもそんな迫力があった。

「私は……」

「そもそも、おかしいだろ。なんで好みのタイプで〝優しそう〟や〝浮気しそうにない〟なんて言い方をする？　誰のことを指してるんだよ」

ふと柚花の頭の中で、六月に両親が帰国したときのやり取りが思い浮かんだ。

『柚花、本当にいいのか？　断ってもお父さんたちは……』

『なに言ってんの！　この話を受けないと、新規店舗の出資を断るって言われてるんでしょ？　もうオープンも間近に控えて、従業員まで確保してるのに』

大事な話があると、帰国する前から言っていた両親の顔は、どちらも苦悩に満ちていた。だから柚花はある程度いろいろ想定し、覚悟を決めていた。

りそうになる。

実際に会うと、久しぶりの再会にもかかわらず、両親の深刻そうな表情に息が詰まりそうになる。

そして告げられたのは、世話になっている出資者の息子との縁談だった。

正直に言うと安堵したのも事実だ。両親のどちらかになにかあるんじゃないか、店が大変な状況になっているんじゃないかと、あれこれ危惧していた柚花としては、自分の問題だと理解して気持ちが少し軽くなった。

そこで相手について改めて思い出す。出資者である岡村氏本人はともかく、息子には二、三回しか会ったことがないから、印象がどうしても薄い。今もこうして記憶の引き出しを必死に開けて、なんとか彼を思い出す状態だ。

（確か、私よりも五つほど年上だっけ？）

あまり話し上手な人ではないのに、自分の主義、主張だけはしっかりしているというイメージだった。柚花が本を読むのが好きだと話したときも『本を読んで、なにが楽しいんです？』と嘲笑されたのだけはよく覚えている。おかげで、相手が自分に好意を抱いているのが信じられない。

しかし、これは向こうから言ってきた脅しつきの結婚話だ。柚花は両親の心配を吹き飛ばすためにも笑いかける。

『大丈夫。これもいい縁だって思ってるから。別に、付き合ってる人や恋人がいるわけでもないし、彼を好きになって、幸せな結婚生活を送ってみせるって』

（だって私は〝柚花〟だ。どんな状況でもめげずに強く生きる。プラスに考えたら、未来はきっと明るくなる。幸せにしてもらおうとは思わない。私は自分で幸せになるんだ）

だから柚花は決めた。まずは相手を好きになろうと。悪いところばかりに目を向けてもしょうがない。

（優しそうで、誠実そうで、真面目で……。ほら、いい人だ。きっと好きになれる）

自己満足で悦に入る。差し障りのないことしか挙げられないのはこの際、無視だ。小説のヒロインに倣って作ったリストを眺めながら、奥底にある虚《むな》しさには気づかないよう必死だった。

「好きでもない男と結婚できるのか？」

怜二の問いかけに、我に返る。すべてを見透かしそうな彼の眼差しが怖くなり、逃げるように下を向いた。

「で、できますよ。怜二さんだって言ってたじゃないですか」

『立場的にもしないと周りもうるさいからな。適当に相手は見繕う』

『結婚自体は簡単だろ。婚姻届を書いて受理されたら成立だ。利害が一致さえすれば、結婚生活も難しくはない』

(冷たくて、けれど合理的。自分も彼みたいに考えられたら。割り切れたら……)

「お前は、割り切って結婚できる女にも思えないけどな」

怜二からかけられた言葉は、今は柚花にとっては毒でしかなかった。

(なにそれ。私のことをわかっているみたいな言い方はやめてよ。社長としての一社員の心配なら、大きなお世話だ)

今さら揺らぐ必要などはなにもない。柚花は必死に自分に言い聞かせ、ぐらつく足に力を入れて自分を鼓舞する。

覚悟を決めてずっと行動してきた。別に、自己犠牲とか悲劇のヒロインとか、そんなふうにも思っていない。

「……なんで普通に『おめでとう』って言ってくれないんですか?」

「言ってほしいのか?」

間髪を入れずに聞き返され、柚花の心がまた乱される。

(言ってほしいに決まっている。そのひとことを怜二さんからもらえたら、私はきっと前を向けるのに)

結婚が正式に決まるまでに、やりたかったことをしようと決意した。それをやりきったら、自分はなんの未練もためらいもなく結婚できると柚花は思っていた。

なのに……。

「マーティンがどうするのか教えてやる」

怜二はあっという間に柚花との距離を縮めると、低い声で呟いた。

「他の男に持っていかれそうになって、ようやく自分の気持ちを自覚する。馬鹿で、鈍感で、遅すぎると自分を呪って。でも諦めることもできない」

淡々とした口調だった。

そして次の瞬間、怜二は柚花の頤《おとがい》に手をかけると、くいっと上を向かせた。喫緊の課題に取りかかるような、余裕のない表情を見せる。

「だから奪うんだ。他の男のところには行かせない」

声は力強く、必死さが滲んでいる。初めて見る彼の姿に柚花は息を呑んだ。

おもむろに顔を近づけられ、柚花の視界には怜二しか入らなくなる。

「好きでもない男と結婚できるなら、俺にしておけ。お前の欲しいもの、全部くれてやる」

「なん、で？」

（誰の話をしているの？　小説の話じゃなかったの？）

　声にならず泣きだしそうになるのを、柚花はぐっと堪えた。

「だいたい、ここまで読んで人に結末聞こうだなんて、邪道なんだよ。気になるならちゃんと最後まで自分で読め」

　突然ぶっきらぼうに叱られ、虚をつかれる。怜二は自分の額を柚花のおでこに重ねた。わずかに声をひそめ、彼女に告げる。

「最終巻は俺のマンションにある。気になるんだろ。だったら読みに来い」

　張りつめていたなにかが切れそうになる。正確には緩んだのか、柚花は力なくよれよれと言葉を発した。

「……女性を、家には上げない主義なんでしょ？」

「そうだよ。だからお前だけだ」

　思ったよりも優しい声色に、確認したい気持ちでさらに尋ねる。

「私のこと、好みじゃないんでしょ？」

「ああ。とてもじゃないが、適当に手を出す気にはなれない」

「キスしたくせに」

「だから……」

柚花の切り返しに、怜二は眉根を寄せる。怒らせたかなと柚花が不安を抱く前に、怜二から強引に口づけられた。

この前のキスとは違って、長くて甘い。唇が離れるか離れないかを繰り返しながら、何度も唇を重ねられる。

キスの合間に怜二は意地悪く囁いた。

「これでなかったことには、もうできないだろ。不貞行為で破談にされてこい」

「ひどっ。まだ正式に婚約してませんって」

それどころか、婚約するであろう本人に会ったのでさえ、いつぶりなのか。記憶の中の彼は曖昧で不確かだった。

両親の立場だってある。段取りもされているのに、ここで投げ出すわけには……。

立ち込める暗雲にも似た柚花の不安を払いのけるように、怜二は自分の唇で柚花の口を塞いだ。

「なら、余計なことを考えるな。お前はおとなしく流されてればいいんだよ」

(流されるなんて冗談じゃない。私はそこまで意志薄弱じゃない。知ってるでしょ?)

全部、自分の意志だった。今、キスしているのも、彼に溺れていくのも。

それさえも柚花に言わせる隙を与えない。目の奥が熱くなって胸が締めつけられる。

息も詰まりそうだった。けれど不快さはない。

こうして怜二に奪われるのを望んだのも、柚花が自分で決めたことだった。

そこからの怜二の行動は早かった。柚花の両親に先に挨拶をするよう段取りし、不本意な娘の婚約話を進めるために帰国した両親は、まさかの事態に寝耳に水の状態で動揺を隠せずにいた。

その際に両親から『岡村さんの息子さんとの結婚話は、自分たちがどうなっても断るつもりでいる』と話をされ、柚花は少しだけ泣きそうになった。

先方にはどう説明すればいいのかといった問題に関しても、柚花や両親が間に入る必要はなく、怜二の方で話をつけてしまったのには、感謝を通り越して驚きしかない。

『よかった。やっぱり柚花には好きな人と恋愛結婚をしてほしかったから』

柚花と怜二に対し、憑《つ》き物が落ちたような明るい顔を母が見せる。怜二の手前、柚花は否定も肯定もせずに、ただ苦々しく笑うだけだった。

怜二の両親への挨拶については、結婚を反対されるのではと心配し、柚花はものすごく気後れした。

しかしそれは杞憂《きゆう》で、自分の息子が結婚する事態を手放しに喜んだ両親に、文句どころか感謝される始末で、柚花は恐縮するばかりだ。

怜二が出張を控えていたのもひとつの要因となり、驚くほど短期間で話はまとまった。婚約指輪と結婚指輪、さらに婚姻届をさっさと用意し、怜二は柚花の誕生日に入籍することを提案してきたのだ。

あまりの急展開ぶりに『籍を入れるのは落ち着いてからでも……』と一応言ってみたが、怜二は頑なに譲らない。

柚花にしても、怜二がかまわないのであれば強く拒否する理由もない。ただ、なんとなく誕生日と結婚記念日を分けたくなったので、一日ずらしてはどうかと意見する。ちょうど大安なのもあった。

それが採用され、付き合った期間はほぼゼロに等しいにもかかわらず、ふたりは入籍した。

不安や心配に襲われることは不思議となく、むしろ嬉しくて笑顔になる。こんなに温かい気持ちで結婚できるとは、一週間前の柚花には想像できなかった。

同じ結婚でも全然違う。こんなに穏やかな気持ちでいられるのは、相手が怜二だからだ。

（私、幸せだ。だから私も彼を幸せにしたい。私にできることはなんだってしたい）

ずっと、自分が幸せになるためにと考えて行動していたから、誰かのために、と思える自分に驚く。

(これが結婚するってことなのかな？　私、彼を幸せにできる？)

柚花はすぐ隣にいる怜二の横顔をこっそりと盗み見た。そして心の中で固く誓う。

(幸せにするから。彼が私を望んでくれるのなら)

提案です、
今から愛を語らい合ってみませんか

「柚花」

耳慣れた低い声で名前を呼ばれ、柚花は目を開けた。何度か瞬きを繰り返し、夢と現実との狭間で揺れ動く意識を覚醒させる。

「大丈夫か？」

心配そうな怜二に対し、無意識に自分の目をこすった。すると手が濡れて、涙を流していたのに気づく。

「また怖い夢でも見たのか？」

なんとか状況を理解して、思い出す。

お互いに気持ちを確認し合ってから、今まですれ違っていた分を取り戻すかのごとく、ふたりはキスを交わした。そして冷静になってみると、どことなく気恥ずかしい気持ちが漂う。

幸い、あっさりと切り替えた怜二がいつも通りに振る舞ったので、つられる形で柚花も平常心を取り戻した。ふたりで夕飯を食べ、いつも以上にたくさん話をした。

しかし入浴を済ませ、寝支度を整えたところで、柚花は今になって怜二と同じベッドに入る流れに、ものすごく緊張してしまった。柚花が意識しすぎなのは怜二にはバレバレで、気持ちをほぐすためにも、それぞれ好きな本を読むことを持ちかけられる。

提案にありがたく乗っかり、柚花は昼に怜二からもらった本の続きを読んでいた。

しかし、いつの間にか夢の中へ旅立っていたらしい。

怜二もベッドに横になっていて、柚花と目を合わせると、顔にかかっている髪を耳にかけてやる。彼も寝ようとしているところだった。

「平気、です。今、何時ですか？」

「午前零時を過ぎたところだ」

また半端な時間に起きてしまった、と反省する。その一方で、柚花の気持ちはどこか満たされていた。

暖色系の明かりに包まれた寝室で、お互いの顔がはっきりわかるほどふたりは近くにいる。柚花はふっと笑みをこぼし、手を伸ばして自分から怜二に抱きついた。

「どうした？」

声色には心配が滲んでいる。それを吹き飛ばす意味も込めて明るく答える。

「私、怜二さんと結婚できて幸せです」

宣言して、怜二の胸に顔をうずめる。彼は応えるように柚花を抱きしめた。回された腕の重みが心地よくて、伝わる体温に安心する。

「もうこの際だから聞きますけど、怜二さんは私のどこを気に入ってくださったんですか?」

はぐらかされるかな、と返事は期待しなかった。ところが、怜二は意外にも律儀に返す。

「そうだな……端的に言えば、話が合うところじゃないか?」

しかし、柚花としてはどうも微妙な回答だ。

「それって、私よりも美人で、もっと本を読む人がいたら、そっちに気持ちがいっちゃうってことです?」

「お前な……」

口にしてから、つい可愛くない切り返しをしてしまったと後悔する。案の定、対する怜二の声は呆れ気味だ。柚花が言い訳をしようとしたところで突然、彼にきつく抱きしめ直される。

「いくかよ。本の知識とか、そういう話じゃない。確かに最初は、本の好みが合うな、くらいにしか思っていなかった。でも、いつの間にか柚花と一緒にいるのが心地よくなったんだ。会話も空気も自然と馴染んで、柚花みたいな女は初めてだった」

「それは……ありがとうございます」

自分から聞いておきながらも、予想以上にストレートな怜二の言葉に照れてしまう。

ぎこちなく返すと、怜二は「なにより」と続けた。

「俺の隣で嬉しそうに笑うのと同じように、他の男の隣でも……と想像すると、自分の独占欲に驚いた」

回されていた腕の力がふと緩んだので、柚花は怜二の胸から顔を浮かせて、上目遣いに相手を窺う。すると、お互いの息遣いが感じられるほどに顔を寄せられた。

「本当に、お前だけだよ。どうしてくれるんだ」

「ど、どうしましょう？」

とっさの反応に困り、おどけてみせたが、怜二の表情は真剣そのものだ。そこで柚花は、ためらいつつも自分から彼に口づけてみる。音をたてて軽く唇が触れ合った。

「私、好きでもない人とキスしませんけど？」

「よく言う。好きでもない男と結婚しようとしてたやつが」

的を射た切り返しに言葉が詰まり、二の句が継げない柚花に、怜二が白状する。

「正直、不安だった。俺のしたことは、柚花と結婚しようとしてたやつと大差ないからな。お前の気持ちを無視して、選択肢を与えなかった。おかげで、結婚したのに全然手に入った気がしなくて、いつかあっさり俺の前からいなくなるんじゃないかって」

「そんなことないです！」

夜中なのに強めの声が出てしまい、柚花は慌てて口を閉じる。ぐっと息を呑んで、調子を整え直した。

「怜二さんは、彼とは全然違います。なんだかんだ言っても、怜二さんはいつも私の気持ちを優先して、大事にしてくれるから。それを言うなら、私だって怜二さんの気持ちがわからなくて不安でした。たとえば、その……結婚したのに、まったく手を出されないし」

「そこかよ」

「いや、だって、あの怜二さんがですよ⁉」

消え入りそうな声で打ち明けたのから一転し、条件反射で勢いよくツッコむ。怜二は顔をしかめた。

「お前は俺をなんだと思っているんだ」

「え、言った方がいいですか？」

聞き返すと、怜二の顔がさらに渋くなる。怒っているというより、痛いところをつかれた感じだ。怜二は柚花の頬に自分の指を滑らせた。

「お前はきっと、俺が求めたら応えただろ。自分の気持ちを差し置いても、夫婦だから、結婚したからしょうがないって。そういうのは嫌だったんだ」

指が頬から顎をなぞって移動し、唇に親指が触れた。

「体だけが欲しいわけじゃない。無理させたら意味がないんだ。柚花の気持ちがこちらに向くまで、いくらでも待つくらいの覚悟はある」

「もうとっくに向いてますけど？」

思わず柚花は口を挟んだ。怜二と目が合い、鼓動が加速し始めて、胸が痛みだす。

それでも必死に言葉を紡ごうとした。

(だって、ちゃんと伝えたい)

「結婚してから恋をすればいいって思っていました。でも、その前からとっくに怜二さんに恋していましたよ。……それに私、記憶をなくしても、やっぱり怜二さんを好きになったから。だからどんな私でも、求めるのは怜二さんだけなんです」

緊張で声が震え、言い終えてからきつく目を瞑ると、不意に唇が重ねられた。

「ふっ」

柚花がぎゅっと引き結んだ唇をほどくように、触れるだけの口づけが何度も繰り返される。キスを受け入れながら無意識に怜二のパジャマを掴むと、彼は柚花の頭や髪を撫でた。

わずかに気持ちが落ち着き、それに比例して体の力が抜ける。怜二からのキスは止まることがなく、応えたくて少しだけ口を開けると、軽く下唇だけを吸われる。柚花はたどたどしくも、おもむろに舌を差し出してみた。するとわけなく絡め取られ、口づけは深いものになっていった。

キスをしながら怜二が強く柚花を抱きしめ直したので、ふたりの密着具合が増す。柚花としてはスマートなキスの仕方もわからず、息継ぎのタイミングさえ掴めない。されるがままもいいところだった。

怜二との余裕や経験の差を見せつけられている気がして、悔しくなる。けれど彼に身を委ねるしかない。

「んっ……ふ、ん……」

甘ったるい自分の声に胸が詰まりそうだった。唾液の混ざり合う音と、濡れた唇が触れ合うたびに漏れるリップ音が、柚花の羞恥心を煽っていく。それでいて、やめてほしいとは思わない。むしろいいように刺激されていき、柚花はすがる形で自分から怜二にくっついた。

(どうしよう。これじゃ、もっとって求めているみたいかな)

ふと冷静になり、恥ずかしさでキスを終わらせようとしたが、それを察した怜二に後頭部に手を添えられ、阻まれる。

逃げられなくなった柚花は、口づけられながらベッドに背中を預ける形で押し倒された。そして怜二のタイミングで唇が離れる。

舌の感覚が麻痺《まひ》しているみたいで、息もあがる。

「柚花」

さらに至近距離で放たれた、熱っぽさを孕《はら》む怜二の声に体が震えた。本を読んでいるときにも、仕事をしているときにも見たことがない、情欲の色を宿した瞳に捕らえられる。

無造作ながら艶のある黒髪と、整った顔立ちが、さらに迫力に拍車をかける。襟元から覗く鎖骨に目を奪われ、改めて怜二が男なのだと実感した。

肩で息をしながら、上になっている怜二にじっと視線を送る。

「っ、私」

ふと沈黙を裂き、なにかにつき動かされて、柚花は唐突に声をあげた。

「愛されたいんです、怜二さんに」

ほぼ無意識に声に出した柚花の告白に、怜二の瞳が揺れた。そして、困ったように笑う。

「ここで、すごい殺し文句だな」

「ちなみに、今だけの話じゃないですよ」

「わかってる。一生かけて愛してやる」

そう告げた怜二の優しげな表情に、柚花は泣きそうになった。

溢れ出る想いをどうすれば伝えられるのか。結局、声に出せたのは二文字だけだ。

「好き」

「ん。俺もだよ」

おでこ同士をこつんと重ねると、目が合ったと思う間もなく、怜二は柚花に改めて口づけた。

「お喋りはここまでだ」

打って変わって真剣な声色の怜二に、今度は柚花が微笑んでみせる。そして同意を示したくて、自分から彼にキスをした。

頬に添えた柚花の左手の薬指には、きらりと光る指輪がはめられている。そして彼女に触れる怜二の左手にも同じものがあり、自分たちの関係をはっきりと示していた。

くすぐったくて、満たされていく。

ずっと、結婚してから恋をすればいいと思っていた。自分と恋をして、すごく愛してくれる人なら誰でもかまわない、と。

でもそれは間違っていたんだと、怜二に出会って柚花は気づいた。

（怜二さんじゃないと駄目だった。もう一度やり直させてもらえたから、どんな状況でも、私が恋に落ちるのは彼だけだってわかった。だから大丈夫）

柚花も怜二も、互いに結婚するまでに愛を語らう時間がなかっただけだ。これからたくさん語り合って、愛し合っていけばいい。

怜二がずっと隣にいる未来に想いを馳せながら、今は彼にすべてを預ける。

大好きな人に愛される幸せを噛みしめて、柚花は顔を綻ばせた。

番外編
手を伸ばせば届く距離に［怜二Side］

「怜二さん、大変。事件です、事件！」

クリスマスを目前に控えた土曜の昼下がり。緊迫した面持ちで書斎にやってきた柚花は、文庫本を持って、本の内容にまんま影響を受けた口ぶりで告げてきた。

彼女が手にしているのは、個性派大学教員と冴えない事務職員がコンビを組んで事件を解決していく、日常系ミステリーシリーズの最新刊だ。

「どうした？」

「え、言ってもいいんですか？」

思わず俺は顔をしかめる。自分から話題を振ってきて、それはないだろう。柚花自身も俺の表情を読んでそう思ったのか、言い訳めいたものを口にした。

「でも怜二さん、まだ読んでないし……。あ、でも本編の内容じゃないから、いいですか？」

ひとりで自問自答をする柚花に、俺は軽く息を吐く。

「ついに次の巻でシリーズが完結するんだろ」

「なんで知ってるんですか？　私、今あとがきを読んで初めて知ったのに！」

「二冊くらい前の巻を出したとき、作者がインタビューで、残り二、三巻で終わるって明言してたからな」

仰々しく驚く柚花にあっさりとタネを明かすと、彼女はわざとらしく肩を落とした。

「怜二さんもきっと驚くと思ったのに……」

そこまで落ち込むことだろうかと思ったが、柚花は黙ってこちらに歩み寄ってきた。そして真正面までやってくると、おもむろに抱きついてくる。こちらは座っていたので抱き留める形になった。

それから自分の膝の上に、柚花を横抱きにしてのせると、彼女はおとなしくこちらに身を寄せてきた。密着したところから体温が伝わり、彼女からはかすかに甘い香りがする。

言葉を発しない彼女に、俺は改めて問いかける。

「なに拗《す》ねてんだよ」

「拗ねてませんって。ちょっと空回った自分を、いたたまれなく思ってるだけです。怜二さん、なんでも先回りしすぎです」

口を尖らせる柚花の頭をそっと撫でる。出会ったときに比べると、彼女の髪も随分と伸びた。

「大げさだろ」

「だって、私のことは全部お見通しって感じですし」

むすっとする柚花に対し、俺は苦笑する。

全部お見通しなんて、見当違いもいいところだ。柚花と出会ったときには、こんな未来が訪れるとは夢にも思っていなかった。

穏やかで満たされる。いろいろと冷めきっていた自分が、幸せだと思える結婚生活を送れるとは。


お互い、第一印象は最悪だったに違いない。

あのときの俺は、親の勧めで会わされた社長令嬢に一方的に好意を寄せられ、散々な思いをしていた。女性への嫌悪感が増す中、限られた人間しか知らないバーで酒を飲みながら、ゆっくりと本を読んでいたときだった。

『社長』

彼女に声をかけられ、反射的に顔をしかめる。見るからに純朴そうで、控えめな印象。こういった場に慣れていないのがすぐに読み取れる。

ちらりと耳に入ってきた会話から、バーに来たのも初めてだと聞いていた。『お前もか』と苛立《いらだ》つ気持ちが拭えない中、厳しい口調で畳みかけるように詰め寄った。こういうのには、最初からわからせておいた方がいい。

『お前みたいなのはタイプじゃない』

はねのけるかのごとく彼女にぶつけた言葉を後悔することになるとは、このときは思いもしなかった。

結果、返ってきたのはまっとうな反論と、意志の強い口調と眼差し。だから俺はすぐに折れた。

『本を貸してやる』と言ったのは罪滅ぼし半分。そして、リープリングスみたいな、なかなかマニアックな本を好む人間に珍しく遭遇したからというのもあった。

きっかけは些細なこと。それが俺と柚花の出会いだった。

柚花はひとことで言えば変わっていた。

相当な本好きなのは上辺だけではないと、話すうちにすぐわかった。ただ、本に関しては熱くなるくせに、他はどこか冷めている。壁があるとでもいうのか、単純なようでいて掴めないところも多々あった。

女性というのは感情的で、話を聞いてほしがる生き物だと認識していた。愚痴や弱音を吐くのに同調してやれば、それとなく甘えてくる。

面倒な生き物だと思いつつ、適当に割り切った関係を築くための、それなりの言葉も処世術も併せ持っている。

けれど柚花は違った。

俺に対して軽口は叩くくせに、その奥の部分には踏み込んでこようとはしない。同時に、自分にも踏み込ませたりはしない。

その証拠に、柚花は自分のことは聞かれるまであまり話さないし、こちらについてもあれこれ詮索してこない。

こういったバーみたいな場所は、だいたいみんな、なにかしら自分の中に溜めているものを吐き出すところでもあったりする。

そういうのが一切なく、異性として意識する必要もない柚花の存在は、正直ありがたかった。

女性に疲れていた俺にとって、純粋に本のことだけを話せて盛り上がれる相手は貴重だった。そして、本を貸す名目で彼女と会って話すのが、いつしか楽しみになっていたのも事実だ。

柚花と打ち解ける中で、俺の興味は徐々に彼女自身に移っていく。柚花は自分の酒に対する強さも理解していて、下品な飲み方はしない。

『もう一杯はどうしよう』と悩むくせに、いつも一杯だけで終わらせる。それは彼女を送っていくのが定番になっても変わらなかった。

いつもなら女性に酔われると面倒にしか思わないのに、まったく羽目をはずさない柚花をもどかしく思ったりもした。下心ではなく、きちんと送ってやるから、たまには好きに飲んでみればいいのにとも考える。

とはいえ、しっかりしているように見えて、子どもみたいなところもあるんだから驚かされる。

彼女が『夜遊び』と口にしたときは一瞬焦ったりもしたが、内容を聞いてすぐに毒気を抜かれた。

なにを必死になっているのかと思った一方で、彼女らしい内容に呆れつつも、どこかで安堵する。

近藤さんも同じことを思ったのか、それとなく彼女の夜遊びをたしなめた。

「柚花ちゃんみたいな子は、そういうのをひとりでしない方がいいよ」

「え、え？　どうしてですか？」

シュンとする彼女に、密かに笑みがこぼれそうになりながら、俺は横槍を入れる。

「ほいほい誰にでもついていきそうだからじゃないか?」

しょげていた柚花は、すぐにむっとした表情になった。しかし、俺に対して嫌味なく『どんな夜遊びをするのか』と聞いてきたときは、さすがに答えに窮する。

「で、お前の夜遊びはいつする予定なんだ?」

柚花が自分のところの社員だから、というのは建前だ。純粋に彼女が心配だった。そしてなにより柚花を知りたくて、このバー以外でも一緒にいてもいいと感じた。いつもの軽快な応酬を交わして、そう思う。本を貸す目的以上に、ここに毎週通うのは、彼女に会いたいからだ。

だから柚花が『恋をするためのリスト』のことを話題にしたときは、少なからず心が揺れた。小説の中でヒロインが作っていたものだ。最終巻でネタバレがあるのだが、このときの彼女はもちろん知らない。

「優しそう、誠実、真面目、煙草もギャンブルもしない、浮気もしそうにない。そして…… 〝なにより大事なのは、私と恋をして、すごく愛してくれることです〟」

彼女の言い方にどことなく違和感を覚える。それにしても、どれも当然というか、表面的な印象だ。あえてリストにする内容でもないと思えた。

「くだらないな」

「はいはい。ほら、心配しなくても私の好みのタイプだって怜二さんとは正反対でしょ？」

反撃の言葉に、つい眉をひそめる。

わかっている。最初に『タイプじゃない』と言ったのはこちらだ。

腹を立てるほどでもない。それなのに苛立つ気持ちが抑えきれず、俺は柄にもなく真面目に返す。

「俺はギャンブルはやらない」

柚花はこちらを見もせず、取り合わない。なにをムキになっているんだ、俺は。

そう思った次の瞬間、ほぼ無意識に彼女の方に手を伸ばしていた。

俺の指が白くてなめらかな頬に触れ、その感触に驚く。ごまかすつもりで軽くつねると、すぐにぱっと手を離した。

案の定、彼女からは抗議の声が飛ぶ。それをいつもの調子で返したが、自分の中では動揺が広がっていた。

自分からこんなふうに異性に接触した行動に戸惑う。触れられることはあっても、気を持たせるのも面倒で、自分からは極力触れたりしない。

思えば、初めて彼女を見送ったときもなにげなく俺は頭に触れていた。一歩間違えれば、島田さんの言うようにセクハラだ。

自分の行動に理由がつけられないまま、柚花が店を出るので俺も続く。はっきりとしない気持ちを抱えて、俺は思いきって彼女に声をかけた。


気まぐれとでもいうのか、なにかを期待したわけでもない。ただ、仕事でうまくいっていない案件があって、微妙に心が重たく沈んでいた。

気分転換をしたかったのかもしれない。柚花を連れて展望公園を訪れたのに、深い意味はなかった。

目的地に到着すると、彼女はこちらが思う以上に喜んで、目をキラキラとさせていた。その姿を見てホッとする。

しかしまさか、自分が気落ちしているのを彼女に指摘されるとは思ってもいなかったので、俺は面食らった。

「失礼ですね。私にだって悩みくらいありますよ」

『悩みくらいある』と答える彼女に踏み込んでみる。

「たとえば？」

「たとえば……」

ここでも彼女は自分のことを話さなかった。だから、というわけじゃない。ぽつぽつと俺が自分の心の内を話したのは。

「たいしたことじゃない。少し仕事でうまくいっていない案件がある」

上っ面の励ましの言葉も、同情もいらない。どうせ彼女には理解できない。そうやって冷めている自分もいた。

「無意味なものなんかありませんよ」

ところが予想に反して、柚花はあっけらかんと返してきた。

深刻そうな顔をすることもなく、こちらの事情に首を突っ込むこともしない。けれど彼女は自身の言葉で、大事にしている信念を語った。それは思った以上に俺の心に響いた。彼女の底なしの前向きさに救われるし、癒される。

なにげなく抱きしめると、肩の細さに驚いた。すっぽりと自分の腕の中に収まる柚花は、思ったよりも華奢で、か細い。それこそ本気で抱きしめたら壊すんじゃないかと思うくらい。

艶っぽい雰囲気にはどうしてもならず、それが残念なようで安心する。困惑気味の彼女の表情に、そういう顔もするのかと新しい一面が見られて嬉しくもなる。

「いや。充分に癒された」

適当に異性と付き合うより、こっちの方がよっぽどいい。誰かに隣にいてほしいと思えたのは初めてだった。

それから、柚花の夜遊びに付き合うといった理由で俺たちはいろいろなところへ出かけた。本の話を中心に、彼女はいつも楽しそうに笑う。

もっと笑ってほしくて、俺は柚花に誕生日プレゼントを用意した。

彼女の好みは知らないし、聞いたこともない。かといって適当に見繕う気にもなれず、考えを巡らす。そして初めて柚花がバーを訪れたとき、近藤さんの作るカクテルに、自分の名前と同じだ、と柚子のジュースが入っていたことを喜んでいたのを思い出した。

自分の名前に思い入れがあるらしい。だから俺は、そういうのに詳しい知り合いに頼んで、柚子の花をかたどったピアスを用意してもらった。

ところがいざ渡してみると、柚花の反応は有無を言わせない拒絶だった。結果、受け取ったものの、満面の笑顔とは言えなかった。

「……お前はつらいときや落ち込んだときは、どうするんだ?」

そこで聞きたかった内容を口にする。自分は柚花に救われた。その一方で、彼女はどうなんだろうかと。

俺は彼女の弱音も、愚痴めいたものも聞いたことがない。柚花はつらいと思ったとき、どうするのか。

両親も外国暮らしだと聞いていたし、誰か頼ったり甘えたりできる人間がいるんだろうか。それこそ、俺以外の男が――。

「そう、ですね。とにかくポジティブに考えて前を向くようにしています。名前通り〝強くたくましく前向きに〟が私のモットーですから」

結果、彼女は己を自分自身で立ち直らせて前を向いているのだ、と答えた。名前の由来の話までされ、俺は安心した反面、複雑な心情になった。

半ば強制的に彼女の耳にピアスをつける。そして最終的に彼女は笑った。

自分が渡したピアスを耳で輝かせ、笑顔でお礼を告げてくる彼女に、俺は気がつけば口づけていた。

こんな簡単に手を出していい相手じゃないのは、とっくに知っている。案の定、彼女は顔を真っ赤にさせ、激しく狼狽えた。とっさにはうまい言い訳が思い浮かばない。

「……別に。意味はない」

苦し紛れに呟いた言葉に、彼女はなにかが刺さったかのような表情を見せた。

さすがに怒るだろうか。軽蔑するだろうか。泣かせるかもしれない。

ところが彼女は静かに続ける。

「よかった、です。それなら今のは、なかったことにしますね」

柚花は俺を責めたりはしなかった。彼女が去ってから追いかけることもできず、自分の中で嫌悪感が渦巻く。

違う。気になったから手を出したとか、そういった軽い気持ちじゃない。遊びで付き合うつもりだってない。

とはいえ、それならどういう気持ちなのか、自分でもはっきりさせられない。彼女の言う通り、なかったことにするのがいいのか。それを俺も望んでいるのか？

キスした後、驚いて大きな瞳をじっとこちらに向けながら、今にも泣きだしそうな彼女の表情が頭から離れない。

自分の中で答えが出せずに翌週を迎えたが、柚花はリープリングスに現れなかった。

「怜二が柚花ちゃんになんかしたんだろー」

すっかり柚花を気に入っている島田さんに、冗談半分でツッコまれる。とりあえず否定したものの、心当たりがないとも言えず、俺は口数を少なくしていた。

「怜二。柚花ちゃんのことで、少し気になる話があるんだ」

ふと近藤さんが神妙な面持ちで話題を振ってきた。俺は口をつけていたグラスを置いて、カウンターの方に視線を向ける。

近藤さんの口から伝えられた情報は、柚花の両親が世話になっている岡村氏についてだった。

「あの人、実力は言うまでもないけれど、かなり乱暴なやり方で有名なんだよ。それでいて身内には甘い。息子さんがいるが、正直、彼の跡を継げる器にも思えないと、裏では評されている」

「甘やかされっぱなしの道楽息子。典型的な二代目で駄目にするタイプだな」

島田さんが軽く付け足した。その顔はいつもここで見せる茶目っ気交じりのものではなく、どこか小馬鹿にしたような冷たい瞳だった。

柚花には伝えていないが、近藤さんは誰もが知る大手不動産会社の社長を務めていた。過去形なのは、現在は社長の座を息子に譲り、近藤さん自身は顧問の立場を取っているから。実質、会社経営はほぼ息子に任せっぱなしらしい。

元々、自宅に知り合いを招いて酒を振る舞うのが趣味だったのもあり、社長の座を退いてからは、好きが高じて念願のバーをここにオープンさせた。だからここは営利目的でもなく、限られた人間しか訪れない。

ちなみにこのビルも彼の持ち物だ。そういう立場だったからこそ人脈もそれなりのもので、多くの経営者の情報などは嫌でも耳に入ってくると言っていた。

ちなみに島田さんも似た立場にある人だが、ここではそういう話も振る舞いも見せないのが彼らしかった。しかし、今は別だ。俺にはまだ話の意図が読めない。

「それで、あいつの両親とどういう関係が？」

岡村氏の話題が出てきた理由は、柚花本人よりも彼女の両親に関することなのだろう。近藤さんは眉を曇らせて、やや間を置いてから話し始めた。

「なんでも、息子さんには気に入った女性がいるらしくてね。数回しか会っていないらしいんだけど。岡村さんも息子が言うならぜひ結婚させたいと思って、彼女の両親に話したらしい。当然、両親は娘さん本人の気持ちを大事にさせたいからって断ろうとしたんだが……」

「断れる立場ではないわけだ」

言いよどむ近藤さんの言葉を、島田さんが続けた。ここまで話をされて、誰の話をしているのか察せられないほど、頭の回転は鈍くはない方だ。

岡村氏と柚花の両親が、共同経営者とはいえ対等な立場ではないことは、彼女の話から窺えていた。

だから、なんだ？

苛つきながら湧き出る疑問に、答えは出せない。近藤さんが肩を落として続ける。

「ひと目惚れと言えば聞こえがいいかもしれないがね。岡村さん自身がそうだけれど、昔ながらの亭主関白な人だから。女は三歩下がって男についてこいとでもいう感じの。息子さんが彼女を見初めたのも、そういった理由らしい」

なるほど。黒のストレートヘアに、色白で華奢な体。一見すると柚花のまとう雰囲気は、おとなしそうな印象を抱かせる。実際の中身はそんなもんじゃないが。

「柚花ちゃんは、どういうつもりなんだろう」

「そりゃ、嫌に決まってるだろ。両親のためにしょうがなく、なんてかわいそうだ。ましてや岡村さんのところだ……俺がなんとかしてやろうか」

島田さんが珍しく激昂する。近藤さんは眉間に皺を寄せて複雑そうな顔をしていた。

ああ、そういうことか。

今までの彼女との会話が思い出され、俺はひとりで納得していた。

『とにかく、今の私は自分の目標を達成するのに忙しいんです。……時間は限られていますから』

『……もしくは、ピアスの穴なんてあけなくていいってことだったのかもしれません』

それに、彼女が作ったあのリスト。

『たいした内容じゃないですよ。ルチアに似ています。優しそう、誠実、真面目、煙草もギャンブルもしない、浮気もしそうにない。そして……〝なにより大事なのは、私と恋をして、すごく愛してくれることです〟』

どうやら似ているのは内容だけではないらしい。彼女がリストを作った意味さえも、小説のヒロインと同じとは。彼女は全部、結婚するのを前提に動いていたのか。

「別に、あいつが自分で決めて結婚しようとしているなら、こっちが余計なことをしたり、口を挟んだりする必要はないでしょ」

なにも間違ったことは言っていない。本当に結婚が嫌なら、そういう素振りくらい見せているだろ。それが彼女にはまったくなかった。

導き出した結論を口にすると、島田さんと近藤さんのふたりの視線が一気にこちらを向く。島田さんは眉をひそめ、近藤さんは肩をすぼめている。

「前は冗談で言ったけど、今は本気で思う。お前、マーティンにそっくりだな」

「は？」

急なたとえに、その意味が理解できない。反射的に聞き返すと、近藤さんはやれやれと首を横に振った。そして口を開いたのは島田さんの方だった。

「怜二。お前、煙草どうしたんだよ。ここ最近吸ってないだろ」

なにげない問いかけに、俺は言葉に詰まった。元々たまにしか煙草は吸わないが、ここで吸うのは定番だった。しかし最近は島田さんが指摘する通り、吸ってはいない。

明確な理由は特にない。ただ……。

『煙草くさいです。なんですか、嫌がらせですか⁉』

〝煙草もギャンブルもしない〟とリストに挙げておきながら、普段ここで吸うときには文句のひとつも言ってこなかった。

「自覚があるのかないのかは知らないが、柚花ちゃんの隣で話しているときのお前は、随分と柔らかい顔してるよ。今までどんな女と付き合ってもギスギスしてたくせに。ま、それが好きな本の話をしてるからって言うのなら、そこまでだけどな」

なにも答えない俺に対し、島田さんが言い放った。それに近藤さんも続く。

「確かに。でも柚花ちゃんは、隣にいるのがお前じゃなくても、きっとそれなりに明るく楽しく過ごせるんだろうな。あの子は強いから。……ただ、いつも前を向いていられる人間なんかいないぞ。ましてやあの子、まだ二十五歳の女の子だろ」

女の子という年齢か？　近藤さんにしてみたらそうなのか。

言われてみて、彼女がひどく弱い存在に思える。

ふたりの話を受け、静かに息を吐くと、俺はおもむろに立ち上がった。

そのままバーを後にして、自問自答を繰り返す。そこで一度だけ、柚花に踏み込まれたときのことを思い出した。

『怜二さんは、結婚されるつもりはないんですか？』

どうして聞くのか。散々聞かれてきた質問を、あのときは鬱陶しくも思った。だから俺はわざと冷たく言い放った。

『いずれはするさ。立場的にもしないと周りもうるさいからな。子どものことも言われているし。適当に相手は見繕う』

女にしてみれば傷つく回答だろうと、わかっていた。そこで終わりにすればいいものを、さらに彼女は聞いてくる。

『適当に、で結婚できますか？』

『結婚自体は簡単だろ。婚姻届を書いて受理されたら成立だ。利害が一致さえすれば、結婚生活も難しくはない』

乱暴に吐き捨てた。

軽蔑するだろうか。嫌悪するだろうか。勝手にすればいい、俺はこういう男だ。

ところが近藤さんに話を振られ、彼女が返してきたものは意外な内容だった。

『いいと思いますよ。どんなきっかけで結婚したとしても、それから恋をして相手を好きになればいいんですから』

夢見がちすぎて、呆れるのを通り越して心配になってくる。結婚なんて、そんないいものでもないだろ。本当に能天気にもほどがある。

俺は気づいていなかった。彼女がどんな思いで質問してきたのか。珍しく念押しをして『適当に結婚できるのか』と聞いてきた理由を。現実を見ていないとも思えた彼女の、結婚に対する考えは、全部自分に言い聞かせていたものだった。

能天気なのは俺の方だった。彼女はとっくに覚悟を決めていたんだ。

俺は唇を噛んで、増幅するいらいらを抑えようと躍起になる。

言えばいいだろ。軽くでも、ひとことでも。自分はこんなに大変な状況なんだって。つらいんだって。

嫌だ、って口にしてみればいい。弱音のひとつくらい吐いてみせろよ。

ただし、これは全部想像で、彼女の思いも本音も知らない。俺はどうしたいんだ？

『でも柚花ちゃんは、隣にいるのがお前じゃなくても、きっとそれなりに明るく楽しく過ごせるんだろうな』

冗談じゃない。どうせ笑って楽しそうにするなら、俺の隣にいればいい。彼女の望むものなら、なんだって与えてやる。だから誰にも渡したりはしない。

自分の気持ちを自覚して、奪うように彼女と結婚した。それが彼女にとってよかったのか、悪かったのかまで確認することもなく。

『よかった。やっぱり柚花には好きな人と恋愛結婚をしてほしかったから』

ところが柚花の両親に挨拶した際に、安堵する彼女の母親に告げられ、俺は言い知れぬ罪悪感を抱いた。俺も、柚花と結婚しようとしていた男と同じだ。ただ、同じ条件でも柚花はそいつではなく俺を選んだわけだが。

出張を控え、時間もゆっくり取れない中で、とにかく籍を入れるのだけは譲らなかった。帰ってきてから『やっぱりなかったことにしてほしい』と言われるのはごめんだった。

そうやって始まった、ぎこちない新婚生活。結婚前に何度かキスを交わしたからか、柚花も抵抗はしなかった。ためらいがちにもくっついて甘えてくる。

とはいえ、内心では複雑だった。これは相手が俺だからなのか、結婚したからなのか。彼女の本心を探ろうにも、気を使われるのは嫌だった。

『新婚生活はどうだよ？　あんなに周りから言われても結婚しなかったお前が結婚したんだ。一部の界隈《かいわい》では大騒ぎだぞ』

深夜に電話をかけてきたのは、友人の玉城だった。これでも俺の結婚に対しては、身内ばりにやきもきしていたらしく、喜んでいるのだと捉えておく。

「大げさだろ」

『よく言う。奥さんは幸せだな。抱えていた両親の問題も解決し、さらにはお前みたいな男と結婚できたんだから』

彼の弾む声とは裏腹に、俺はわずかに眉を寄せた。事情を知っている人間からは、そう見えるのかもしれない。そうではなくても、俺たちが結婚したことで多くの人間から『奥さんは幸せだな』といった類の言葉を、俺も柚花もかけられる機会が多かった。けれど、柚花本人はどう思っているのか――。

「どうだろうな。誰と結婚しても同じだったんじゃないか？」

『は？　なに言ってんだよ？』

「しょうがないだろ。愛し合って結婚したわけでもないんだ」

自分の中でくすぶっていた感情を声にのせる。

今の自分たちは夫婦ではあるが、気持ちまでは通じ合っていない。しかし、どんな形であれ結婚したんだから、彼女は俺のものになった。後は時間をかけていくしかない。長期戦なのはとっくに覚悟の上だ。

それなのに、この頃から柚花の様子がどこかおかしかった。元気がなく、思いつめた顔を見せることが多くなる。

さらには触れるのさえ彼女を強張らせた。無理をさせた覚えもない。拒否されるわけではないが、縮めるどころか前よりも距離ができたと、戸惑いが隠せない。

どうしたものかと悩みながら、十二月に入ったある朝。俺は書斎で仕事の資料に目を通し、出勤時間まで本を読んでいた。

そこでなにげなく目の端に『リープリングス』が映る。柚花と親しくなったのも、この本がきっかけだった。

最終巻をここで読んでいた彼女を思い出し、本を手に取った。そして変な厚みに気づく。栞《しおり》にしては分厚く、なによりそれは表紙に挟まれている。

中身を確認して、目を見張った。どういうつもりなのかまったく理解できない。冗談にしてはきつすぎる。

そこには、柚花の欄だけが記入されていた離婚届があった。あれこれ考える暇もなく、俺はすぐ彼女に詰め寄った。

「柚花。なんだよ、これ」

柚花の驚き具合も相当だった。感情をストレートにぶつけてから我に返り、出勤時間が迫っていることに気づく。今はゆっくり彼女の言い分を聞く余裕もない。

「いいか。お前は俺のものなんだ。誰にも渡したりしない」

強い想いを口にして、内心では動揺していた。いつかこんな日が訪れるんじゃないかと、どこかで予想していた自分もいたからだ。半ば無理やり始めた結婚生活に、綻びが出てくるんじゃないかと。

それにしたって、早すぎる。綻ぶほどに、まだ自分たちはなにも築き上げていない。そもそも最初から難しい話だったのか。


頭を切り替え、仕事をこなしているところで、内線が鳴った。繋がれた相手はまさかの医療センターで、伝えられた内容に衝撃が隠せない。

柚花が歩道橋の階段から落ちて、救急車で運び込まれたというものだった。バッグに社員証を入れていたらしく、会社に連絡してきたのだと。

こちらの沈痛な雰囲気を察してか、電話の向こうからは、大きな怪我などは見られない、とフォローが入る。それでも、どうしたって自分を責めずにはいられない。階段から落ちた原因はわからないが、今朝のやり取りで彼女を追いつめていたのかもしれない。

『すぐに向かいます』と短く返して、とにかく俺は病院へ急いだ。

そして受付で柚花の部屋の場所を尋ね、足を向けているところで、反対側からやってきた看護師に声をかけられる。

「もしかして、天宮柚花さんの身内の方ですか？」

「そうですが」

すると彼女はホッとした表情を見せた。

「よかった、今ちょうど目が覚めたところだったんです。先生をお連れしますから、病室でお待ちください」

「すみません、お世話になります」

「思いつめた顔をなさらないでくださいね。天宮さん自身も目覚めたばかりだからか、少し混乱されています。普通に接してあげてください」

眉尻を下げて告げられ、俺は思い直す。きっと柚花のことだから、心配をかけたと罪悪感も抱くのだろう。朝の件もあるからなおさらだ。

一度気持ちを落ち着かせ、病室のドアを開けた。

「……思ったよりも元気そうだな」

なんでもないかのように声をかけると、彼女の顔が青くなった。

「ま、まさか会社に連絡がいきました?」

極力いつも通りに返していたところで、先ほどの看護師が医師を連れて病室にやってきた。そこで妙なことに気づく。どうして柚花は俺のことを『社長』と呼ぶのか。

混乱しているとは聞いたが、そんなふうに呼ばれるのはいつぶりか。

あえて指摘せずにやり取りをしてみたが、彼女とあまりにも会話が噛み合わずに、押し殺していた不安が溢れだす。

検査結果を聞きながら、医師とやり取りする柚花をそばで見守っていると、予想だにしていなかった事実が判明した。

彼女はここ半年の記憶を失っていた。俺と結婚したことどころか、リープリングスで出会ったのさえも覚えていない。

「ご本人が一番ショックでしょうし、歯痒いとは思います。ですが、無理に思い出させようとしたり、一気に情報を与えたりしすぎないでくださいね。彼女の脳は、今は

のか。

医師からの説明を受けつつ、俺自身も混乱していた。この事実をどう捉えればいい

……柚花は俺との出会いを、結婚を、なかったことにしたかったんだろうか。

すぐに余計な考えを振りはらう。

今、一番不安なのは柚花自身だ。ほぼ初対面の男と結婚している事態を、そう易々と受け入れられるわけがない。だからといって、ここで彼女を手放す選択肢もない。

正直、泣かれるかと思った。記憶をなくした現実に。さらに、接点のなかった人間と結婚しているんだから、別れたいと言われる可能性だってないわけじゃない。

けれど記憶をなくしても、柚花は自分の状況をあまり嘆くこともなく、いつもの軽口を叩き合いながら、本当は俺の方が救われていた。

無事でよかった。心の底から思った。また手を伸ばせば届く距離に彼女がいる。

とはいえ、すぐに元通りとはいかない。一緒に住むのさえ、今の彼女とは難しい。

どこまで〝結婚している〟事実を元に押してもいいものか計りかねる。それでも――。

「知りたいんです、あなたのこと。できれば思い出したくて。私、こんな状態ですけ

不安定ですから」

ど……迷惑じゃなかったら、そばにいてもいいですか？」

柚花は自分で俺のそばにいることを選んだ。前向きな姿勢が彼女らしくて、やっぱり記憶がなくても柚花は柚花だった。

もう一度、やり直せるんだろうか。彼女の気持ちをはっきりさせないまま、強引に結婚した。そのせいで、なにか思うところがあり、離婚届を用意したのだとしたら。

今度は彼女に、結婚してよかったと思ってもらいたい。

そう思う一方で、純粋に愛し合って結婚したと思い込んでいる柚花に、罪悪感を抱いたりもした。医師の言葉を盾に、彼女に結婚した経緯を話さないことにも。

なにが正しくて、正しくないのか。彼女にとってどうするのが最良なのか。結局、全部は自分のエゴじゃないのか。

葛藤する気持ちは、彼女が記憶を取り戻して、すべてに終止符を打つことになった。自分たちがすれ違い続けていた状況にも。

「怜二さん、クリスマスになにか欲しいもの、ありますか？」

不意に問いかけられ、飛ばしていた意識を戻す。

柚花の方を見れば、彼女は俺の腕の中でおとなしくしながらも、大きな瞳でこちらをじっと見上げていた。視線が交わると恥ずかしそうに目を逸らす。

「もう怜二さんには正攻法でいくことにします。だって私、怜二さんみたいに全部お見通しってわけにはいきませんから」

口ごもりながらも告げる柚花が、可愛らしく髪を耳にかけた。白い肌が現れ、俺は頬をなぞり、顎まで手を滑らせると、おもむろに上を向かせる。

再び目が合ったところで、さすがにこちらの意図は伝わったらしい。顔を寄せると、ぎこちなく柚花が瞳を閉じたので、静かに唇を重ねた。

触れ合うだけでは満足できず、キスの合間に軽く舌で唇をつっつく。すると柚花は結んでいた唇をゆるゆるとほどいた。もっと深く……と求め、柚花の口内を優しく侵していく。最初は困惑気味だった彼女も、次第に口づけに溺れていった。

時折漏れる柚花の吐息や甘い声に、欲深さが増していき、自分の膝の上にのっている彼女の足に自然と手を伸ばして、緩やかに撫でる。

スカートの裾に自分の手が隠れたところで、それ以上の侵入を拒もうと、彼女は力強く手を重ねた。

「っ、もう。はぐらかさないでください！」

「はぐらかしてないだろ」

顔を真っ赤にして抗議してくる彼女にすかさず切り返すが、どうも納得がいかないらしい。やや早口で捲し立てられる。

「はぐらかしてますって！　……私、真面目に聞いてるのに」

これ以上は本気で機嫌を損ねると思った俺は、再び彼女に口づけた。そして唇が離れて、間髪を入れずに告げる。

「もうもらった」

「え」

柚花は『まさか今のキスが⁉』と、顔で訴えている。

本当に、こういうときの彼女はわかりやすい。でも、それでいい。

ふっと微笑んで、俺は正直な想いを口にする。

「柚花が俺のものになって、こうして手を伸ばせば届く距離にいるだろ。それで充分なんだ」

さっきとは違う意味で、彼女の顔が赤くなる。今度は狼狽つきだ。

「そ、そういう答えは、ずるいと思います」

「お前が聞いてきたんだろ」

彼女は戸惑った顔を見せる。

「……私、どうしたって怜二さんには敵《かな》いません」

言いながらも柚花の顔には笑みが浮かんでいて、幸せそうだ。

「それは、どうだろうな」

敵わないのはこちらの方だ。でも、そこまで口にはせずに柚花を抱きしめる。

もう二度と、彼女を諦めるような真似はしない。そばでずっと守り続けてみせる。

一方的な誓いではなく、彼女も望んでいるとわかっているから、この先なにがあっても大丈夫だ。

誰でもよかったんじゃない。俺たちはどちらもお互いだけを求めて結婚した。

そういえば、柚花の欲しいものはなんだろうか。

聞くのもいいし、驚かせるのもいい。

腕の中にいる彼女の存在と温もりを感じながら、俺はなにをプレゼントするか、密かに考えを巡らせて笑顔になった。

特別書き下ろし番外編
何度でも伝えて[柚花Side]

お風呂上がり、いつもの調子でリビングのソファで膝を抱え、読みかけの海外小説に目を通していた私は、ある一文に注目した。

【欲を言えば家事はもちろんだが、妻にはできればいつも綺麗な格好をしておいてほしい。癒されに家に帰ってきているんだから】

すらすらと頭に入っていた本の内容がすべて吹き飛び、そのフレーズを噛みしめて、じっくりと二度読みする。

そして私は、がくんと大げさにこうべを垂れた。乾かしたばかりの髪が、さらりと顔を隠して落ちる。

や、やっぱり……。

「どうした？」

ふと声をかけられ、素早く頭を上げると、少し間を空けて左隣に座っていた怜二さんと目が合った。彼も同じく本を集中して読んでいたのに、私の微妙な変化にいち早く気づいたらしい。

怜二さんもシャワーを浴びた後で、湿り気を帯びた髪は無造作に下ろされている。襟つきパジャマの合間から、くっきり浮き出た鎖骨が見え隠れしていて、普段はスーツに隠されている分、無防備な姿に胸が高鳴る。

本人には自覚がないんだろうから、たちが悪い。オンだろうがオフだろうが怜二さんはいつも素敵で、こうして結婚して一緒に暮らしていても、私は彼にときめかされてばかりだ。正直、心臓がもたない。

「えっと、あの。エアコン消してもいいですか？」

ごまかす気持ちもあって、彼から目を逸らした。テレビもついておらず、エアコンが温風を吹き出す音だけが部屋に響いている。

季節は真冬だけれど、部屋の中は充分に暖かい。怜二さんからの許可も得て、リモコンに手を伸ばした。

部屋のどこになにがあるのかは、さすがにもう把握している。

ここでの暮らしも、もうすぐ三ヵ月になる。怜二さんと結婚して、気づけば年が明け、一月も後半。本当にあっという間だった。

その間、怜二さんの出張や、私が記憶をなくすといったハプニングもあったから、余計にそう感じるのかもしれない。クリスマスに年末年始と、イベントも目白押しだったし。

「怜二さん、そろそろ寝ますか？　明日、早いんでしょ？」

時計で時間を確認しながら、私は彼に尋ねた。

時刻は午後十一時過ぎ。明日は土曜日だから、普段なら思う存分本を読んだりして夜更かしするところだけれど、今日はそういうわけにもいかない。明日から怜二さんは、一週間の出張に出かける予定だ。

「もう少ししたらな」

なのに彼は、私の心配などまるで意に介さないといった感じで、本から目線を移しもせずに返してきた。

「絶対嘘です。全部読んでしまおうって思ってるでしょ」

本の右側に捲られているページは、ごくわずか。まだ序章といったところだ。目ざとく指摘すると、図星だったのか、彼は目だけを動かして私の方を見てきた。

「まだ眠くない」

あまりにも端的な回答に、私は目をぱちくりとさせた。

まるで子どもみたいな言い分に、一瞬吹き出しそうになる。しかし慌てて気を引きしめ直し、怜二さんに詰め寄る。

「眠くなくても、せめて横になりましょう。体は休まりますから」

「やけに眠らせようとするな」

彼は本を閉じて、ようやくこちらに顔を向けた。物語のいいところでストップをかけられるつらさは、私だってよくわかる。とはいえ、私も譲るわけにはいかない。

それにしても、なんだかんだ言いつつ、こうして私の話を聞こうと好きな読書を中断するのだから、やっぱり怜二さんは優しい。

私はおもむろに怜二さんの右腕に自分の左腕を絡めて、彼の方に頭を預けた。

「忙しい旦那様の体調を気遣うのも……妻の役目ですから」

顔を見ると言えない気がしての作戦だった。ところが、やっぱり照れが入ってしまい、ぎこちなくなる。どうしても決まらない自分。

ぎゅっと指先に力を入れると、怜二さんがかすかに身じろぎし、私の手から腕を抜いた。触れていた温もりが消えて寂しいと思う間もなく、続けて、捕まえていた彼の右腕は私の腰に回された。驚きで顔を上げると、手に力を込められ、さらに密着度が増す。

「そこまで言うなら、眠らせてくれるんだろ」

余裕たっぷりの笑みで問いかけられ、私はとっさには意味が理解できなかった。

「眠らせる？」

頭の中で整理しようと、怜二さんの言葉を復唱した。怜二さんは表情を崩さない。

「そう。柚花にしかできない方法で」

私がなにか答える前に、唇が掠め取られる。触れるだけの優しいキスに、無意識に心音が加速する。それは今の行為に対してだけではなく、これが前振りだと自分でもわかっているからだ。

「子守歌でも歌いましょうか？」

気持ちが乱れているのを悟られたくなくて、わざとおどけてみせた。

怜二さんは左手で私の頬に触れ、さらに顔を近づけてくる。視界が暗くなり、私の目には彼しか映らない。

「もっと大人のやり方があるだろ」

低く艶っぽい声で囁かれ、再度唇が重ねられた。唇の感触を味わうかのような長いキスに、私は静かに目を閉じる。今度はすぐには終わらなかった。

角度も触れ方も変化をつけられ、何度も口づけられながら、次第に唇の離れる間隔が短くなっていく。

怜二さんのキスは、確実に私をとろけさせる。強張っていた体の力が抜け、私は自分から彼にしがみつく形で腕を伸ばした。怜二さんは私を抱きしめ直して応える。

その間もずっとキスは続いていて、舌先を忍ばせた口づけをたどたどしく受け入れると、相手の遠慮はなくなり、さらに求められる。

「……っん」

自分のものとは思えない甘ったるい声が漏れてしまい、恥ずかしさで急に冷静になった。続けて怜二さんの胸を力なく押す。

それを受けてか、怜二さんは名残惜しそうに唇を離し、私をじっと見つめる。熱い眼差しに、私はやや伏し目がちになった。

「それで……眠れそう、ですか？」

「逆に目が冴えた」

悪びれない怜二さんの回答に、私は唇を尖らせる。彼の方を見れば、どこか困った笑みを浮かべていた。頬に軽くキスが落とされ、唇が耳元に近づく。

「だから、もう少し付き合え」

打って変わって余裕のない声色に、私の心が揺れる。しばらく返事を迷い、私は彼の胸に顔をうずめた。

「……ベッドまで運んでくれるなら、考えてあげてもいいですよ？」

怜二さんにしがみつくと、彼は私の頭を撫でてから、体に腕を回す。そして自身が立ち上がるのと同時に、私の膝下に腕を滑り込ませて抱き上げた。

私は腕に力を入れ、怜二さんに密着し、なにも言葉を発しなかった。怜二さんも余計なことは言わない。

そして自動でつく暖色系のライトの明かりに反応し、顔を上げようとしたら、ゆっくりとベッドに下ろされた。視界に天井が入ったと認識する間もなく、怜二さんが私に覆いかぶさる。ふたり分の体重を受け、ベッドがわずかに軋んだ。

怜二さんが私の頭に触れながら口元を緩めたので、緊張がわずかにほぐれていく。

「珍しく素直だな」

「いけませんか?」

「いや」

ほんのりと照らされたベッドルームは、眠りを誘うのにぴったりの明るさで、すべての輪郭の境界線が曖昧に映し出される。それなのに怜二さんの表情だけは、はっきりと見えた。だからか、本音が口をついて出る。

「だって、一週間も会えないのは、やっぱり寂しいです」

そこまで大きくない私の声は、空気を振動させ、しっかりと音となって彼に届いた。

怜二さんは違うのかな。出張の多い彼に、いちいち言うべき内容じゃない？

あれこれ考えを巡らせていると、私に触れていた彼の手が止まり、思考を遮られる。

さらに彼が唐突に宣言した。

「なら、存分に愛してやる」

「え？」

思わず聞き流しそうになった怜二さんの発言に、目を見張る。怜二さんの表情は真剣そのものだ。

「い、いいです。早く寝ましょう」

「ベッドまで運んでやったんだから、文句はないだろ」

「少しって言ったじゃないですか」

「気が変わった」

私の抗議はあっさりと一蹴され、続けようとする文句はキスで封じ込められた。

抵抗したいのに、しなくてはいけないのに、この流れを受け入れるのがやぶさかじゃない自分もいて、怜二さんにもきっと見抜かれている。

性急なキスの合間に、彼は私のパジャマのボタンを器用にはずしにかかった。たしなめる意味で彼の手に自分の手を重ねると、ようやく唇が解放される。

呼吸を整える私に、怜二さんの声が降ってきた。

「柚花があまりにも可愛いことを言うから、抑えが効かなくなった」

なんのためらいもなく怜二さんの口から紡がれた言葉に、一気に体温が上昇する。

狼狽える私に対し、彼は冷静そのものだ。

「気遣いは感謝する。けれど今は、余計な気を回さなくていい」

言い終わるのと同時に、怜二さんは私の首筋に音をたてて口づけた。思わず身震いし、声が上ずる。

「で、も」

「夫に愛されるのも〝妻の役目〟だろ」

それ以上は言葉にならない。口を開けば、自分のものとは思えない甘い声が漏れるだけだ。

弱いところをゆるゆると刺激され、徐々に私の思考は快楽の波にさらわれていく。

苦しくて切ないのに、それよりもっと幸せで満たされるのだから、本気で拒否できない。私ばっかり翻弄される。

妻としてどういう対応が正しいのか、疑問は残るところだけれど、甘えたい気持ちも本当で、私は素直に怜二さんに身を委ねた。

「柚花」

穏やかな声で名前を呼ばれる。聞き慣れた声は耳に心地よく、くすぐったさもあって寝返りを打った。もう少しこのまどろみの中にいたい。

「柚花」

しかし先ほどよりもやや強めの声は、私の意識をはっきりと覚醒させた。重い瞼を完全に開ききると、部屋の中はまだ薄暗い。丸めていた体を起こせば、きちっとスーツを着た怜二さんがベッドサイドに立ち、心配そうにこちらを見下ろしていた。

「え、え？」

「もう時間だから、そろそろ行く。お前はまだ寝ておけ」

混乱する私に、怜二さんはまったく動じずに告げた。私は状況を呑み込み、血の気がさっと引く。

今、何時？

首を動かし、時間を確認しようと試みた。確か目覚ましをセットしていたはずだ。

鳴ったの？　全然気づかなかった。

「……アラームを」

「止めた」

犯人は怜二さんらしい。鳴ってすぐに起きられなかった自分が悪いんだけれど。

「ご、ごめんなさい。私」

となると、もう私としては謝罪の言葉しか口に出せない。なにも身にまとっていないので、ひんやりとした空気が肌を包み、いたたまれなさもあいまって涙が出そうだ。コーヒーくらいは淹れようと思っていたのに。着替えてちゃんと見送る予定だったのに。

計画していた状況とは真逆すぎる。怜二さんはなだめる調子で腰を屈め、私の頭に手を置いた。

「謝らなくていい。本ばかり読んでないで、ちゃんと飯食えよ」

「怜二さんが言います？」

妻にというより子どもに対してのような台詞に、私はつい可愛くない切り返しをした。すると怜二さんは怒るどころか、ふっと気の抜けた笑みを浮かべた。

「時間が空いたら連絡してやる。寂しくて泣かれたら困るからな」

泣きませんよ、と言い返そうとして、すんでのところで押し留める。負担になるのは嫌だけれど、連絡をもらえるのならやっぱり嬉しい。

「……無理、しないでくださいね」

小さく答えると、怜二さんは一瞬だけ驚いた表情を見せた。続けて、素早くキスをする。

「出かけてくる」

「いってらっしゃい」

いつものやり取りを交わし、怜二さんは笑った。その顔は家でしか見られない優しいもので、私の胸を高鳴らせる。とはいえ今の私と彼の格好は、あまりにも違いすぎて、なんとも情けない。

結局、怜二さんを寝室で見送る羽目になり、複雑な気持ちを抱えた状態で、どっと項垂れた。

私、奥さんとして全然駄目かもしれない。

自己嫌悪の波が襲う。

ここ最近の私は、怜二さんの奥さんとして前以上に奮闘している……つもりだ。家事はもちろん、お洒落にも気を使っている。

きっかけはほんの些細なことで、年明けに奈々を含めた友人たちと集まったときの話だ。結婚報告を済ませると、みんなすごく喜んで、祝福の言葉をくれた。

その際、お酒の入った奈々に力強く真顔で告げられたのだ。

『柚花。ああいうタイプは、結婚してるのに関係なく寄ってくる女が後を絶たないんだからね。気を抜いちゃ駄目よ』

さらっと聞き流してはいたものの、翌日に読んだ本が、あまり身なりを気にせず自分に無関心な妻を持つ男性が、会社の女性に言い寄られ、心が揺れるといった内容だったのだ。

つい自分を重ねてしまい、ここにきて奈々の発言が重みを帯びてくる。

いや、そこまでだらしない格好は、さすがにしていない。でもお風呂から出たらパジャマでだらだら本を読んでいる。そのときは怜二さんも本を読んでいたりするから、無関心ってわけじゃない。読書中以外で一緒にいるときはよく会話をするし、スキンシップだってある。寝るときだって……。

自己弁護を繰り返しつつ、私は年が明けたのもあり、心機一転を試みる。今まで以上に妻として、女として緊張感を持とうと決意した。

早速その日は、メイクも服装もいつも以上に頑張ってみた。すると怜二さんは目ざとく気づき、そつなく褒めてきた。嬉しくて、ますます私はやる気に満ちていく。

シャワーを済ませた後も髪をきちっと乾かし、整えて、パジャマも女性らしい大人っぽいものを意識して選ぶ。一応、下着にも気を使ってみたり。つけたまま眠れるとの謳《うた》い文句の夜用メイクも試してみた。

正直、大変じゃないと言えば嘘になる。けれど怜二さんに好きでいてもらえるなら、これくらいの努力はなんてことない。

現に、彼の周りは立場のある綺麗な女性が多いし、今まで付き合ってきた人たちだって、きっと――。

深みにはまりそうな考えを振りはらい、私は大きく息を吐いて、ベッドサイドにある彼のパジャマにいそいそと手を伸ばした。

そうはいっても、これから一週間はこの家にひとりだ。寂しい反面、気が抜けてホッとしてしまう自分もいた。


長いと思っていた一週間も、過ぎてみればあっという間だった。今週は仕事が特に忙しかったのもある。明日はもう土曜日で、午前中に怜二さんは帰ってくる予定だ。

お風呂をじっくり堪能した後、私はリビングのソファでだらしなく寝そべる。

怜二さんは宣言通り、何度か連絡をくれた。電話ひとつの短いやり取りだけで、仕事の疲れも吹き飛び、舞い上がる私はやっぱり怜二さんが大好きなんだと実感する。

早く会いたいと気持ちが逸る一方で、少しだけ寂しさも感じていた。この生活も終わりか。

今の私はノーメイクで、独身時代に友人からプレゼントされたピンクのルームウェアを身にまとっている。もこもこして着心地がよく、気に入っていた。上はゆったりと首元が開いていて、下はホットパンツという組み合わせ。子どもっぽすぎると思って、結婚してからは着ていなかった。

怜二さんに勧められたシリーズものの本を書斎から持ち出し、テーブルに積み上げ、ひたすら読書にふける。

なんだか、結婚前のアパートでの生活を思い出すな。このマンションに引っ越してきてから、こんなにも気が抜けて過ごすのは初めてかもしれない。

名残惜しさを感じつつも、やっぱり怜二さんが帰ってくる方が楽しみだ。明日は早起きして、部屋の掃除を念入りにする。服装もメイクもいつも以上に気合いを入れて、綺麗な格好で怜二さんを出迎えよう。ご飯の下準備もしているし。

改めて意気込んで、今だけの休息を満喫するべく、再び本に視線を落としたところで、リビングのドアが開く音がした。あまりの不意打ちにびくりと体を震わせ、大げさに反応する。

視線を向ければ、そこにはまさかの人物が立っていて、私は自分の目を疑った。

「え⁉　ど、どうして……」

「一応、連絡したんだけどな。今日帰れそうだって」

そこにはやや疲れた表情の怜二さんが、苦笑して立っている。

慌てて携帯を確認すれば、着信とメッセージが入っていた。どうやらお風呂に入っている間に連絡があったらしい。全然気づかなかった。私は急いで体を起こす。

「す、すみません。なにか召し上がりますか？　それともお風呂でも」

あたふたと尋ねる私に、怜二さんはゆっくりと近づいてきた。

「珍しいな、柚花がそういう格好をしているの」

じっとこちらを見ながら指摘され、はたと今の自分の格好に気づく。服装はもちろん、思えば完全にすっぴんだ。別に怜二さんの前で見せるのは初めてではないけれど、ここ最近はずっと綺麗なところしか見せていなかったのに。

「着替えてきます」

息が苦しくなって、とっさにその場を後にしようとする。ところが、素早く怜二さんに抱きしめられ、私は彼の腕の中にあっさりと捕まってしまった。

「いい。とにかく顔見せろ」

「あの、すぐに戻ってきますから」

うつむき気味の私の顔を上げようと、彼の手が顎に添えられた。見られたくない気持ちが先走り、私は全力で拒否する。

「駄目です、離してください！」

発した声の大きさに、自分でも驚く。怜二さんもそうだったのか、回されていた腕の力が緩んだ。そして次は頭に手を添えられる。

「……勝手に予定を変更して悪かったな」

顔を上げれば、すでに怜二さんは私に背中を向けていて、「シャワーでも浴びてくる」と告げた。胸の奥がずきりと痛んで、止めるように私は彼の後ろから抱きついた。

「違うんです。私、怜二さんが早く帰ってきて嬉しかったんです。なのに……その、ひどい態度を取ってごめんなさい」

またやってしまった。怜二さんのためにって思いながら、彼を傷つけて。明日帰る予定だったのを、私が寂しいって言ったから、きっと無理して今日帰ってきたんだ。怜二さんはこんなに私のことを考えて、想ってくれているのに。

「私、怜二さんにずっと好きでいてほしくて。自分なりにいい奥さんを目指して、お洒落も家事も頑張っていたんですけど、こんなだらしないところを見られて。だから……」

「柚花」

たどたどしく言い訳する私に、怜二さんが名前を呼んでストップをかける。おそるおそる視線を上げると、彼が首をひねり、静かにこちらを見下ろしている。

怜二さんに回していた腕を離すと、彼はゆっくりと振り返り、私たちは正面から向き合う形になった。緊張して怜二さんの言葉を待つ。

「お前は俺をなめてんのか？」

「へ？」

続けざまに怜二さんの両手が私の頬を包み、軽くつねる。突拍子もない彼の発言と行動に、私は驚きで目を丸くした。

「最近、いろいろ張り切っていると思えば、そういう理由だったのか」

「だ、だって……」

怜二さんは怒っているような、呆れたような表情だ。でも本気ではなく、触れ方も戯《たわむ》れの延長線上だった。

「記憶をなくしたときにも言ったはずだ。『柚花は柚花だろ』って。お前がどんな格好をしていても、中身が柚花なら、俺はそれでいいんだ。無駄な張り合いはいらない」

「な、なんですか、その頑張り甲斐《がい》のない発言は……」

「そうは言ってない。いつも頑張る必要はないだろ。綺麗な格好をするのは、ふたりで出かけるときにでも取っておけ」

思わぬ言葉に、私は声を詰まらせる。怜二さんは再び私を抱きしめると、なぜかその流れで私の体をひょいっと抱き上げ、宙に浮かせた。

「わっ」

「それに、好きでいてほしいって、なんだよ。そうでもしないと離れるって思うほど、俺の気持ちは伝わってないのか？」

話しながらも怜二さんは足を止めない。

「い、いいえ。私はっ……」

最後まで言わせてもらえず、私はリビングのソファに仰向けに倒された。すぐそばに彼の整った顔があり、思わず息を呑む。

「だったら、じっくり教えてやる。俺がどれほど柚花を愛しているのか」

固まっている私に、唇が重ねられる。さらにルームウェアの裾から、怜二さんの大きな手が滑り込んだ。肌に直接彼の手の感触と温もりが伝わり、自然とくぐもった声が漏れる。

「ふっ……い、や」

怜二さんの肩を押しのけようにもびくともせず、キスも触れるのもやめてもらえない。むしろ激しさを増していき、どこに意識を集中させればいいのかわからなくなる。頭がくらくらして、力が抜けていく。

その一方で、奪われるようなキスにぎこちなく応える自分もいて、次第に彼に従順になっていく。

だって、こうして怜二さんに触れられるのは嫌じゃない。心音がうるさくて胸が張り裂けそう。でももっと欲しくなる。

「柚花」

一度唇が離れ、怜二さんが切なそうに私の名前を呼んだ。ルームウェアの上半分はたくし上げられ、彼の前に素肌を晒している。肩で息をしていた私は、怜二さんの視線から逃げたくて顔を背けた。

「あの、ベッドに……」

「悪いが、今日はそんな余裕はない」

口ごもりながらも提案したのに、瞬時に却下される。

リビングは明るくて落ち着かない。今の格好も格好だし。

「でも」

不安げに返そうとすると、口を塞がれる。

「どんな柚花でも可愛いんだから、全部見せろ。夫婦だろ？」

吐息を感じるほどの距離で、真剣な眼差しと共に告げられた。

困った。どうしたって敵わない。

視界が涙の膜で滲むのは生理的なものか、そうじゃないのか判断できない。だって怜二さんが強引に、それでいて慈しむように再び私に触れだすから。

溺れる。落ちていく。最終的にはなにもかも怜二さんの思うままだ。

でも私が本当に欲しいものを全部見通してのことなのだから、私はやっぱり幸せだ。


目を覚ますと、遮光カーテンの合間から光が差し込み、もう朝だと知らせている。

どうやらここはリビングでなく寝室で、いつの間にかベッドに運ばれたらしい。

状況を把握したと同時に、昨夜の記憶も蘇り、全身に羞恥心が駆け巡った。じっとしていられず体を動かせば、私を抱きしめる体勢で眠っていた怜二さんが、わずかに反応する。

起こしちゃいけないと思い、とっさに動きと息まで止めた。するとしばらくして彼の手が私の頭にのせられ、そっと撫でられる。

起きているのか、無意識なのか。どちらでも嬉しい。

「怜二さん、早く帰ってきてくれてありがとうございます」

「別に。俺が柚花に早く会いたかったんだ」

まさか返事があるとは思わず、私は顔を上げる。怜二さんは寝ぼけまなこながらも、口元には笑みをたたえていた。彼の手が頭からゆっくりと頬に滑る。

「寂しいのは自分だけだと思ってたのか？」

「だって……」

怜二さんはいつも通りだったから。私だけだと思っていた。

なにげなく頬に触れている怜二さんの手に、自分の手を重ねる。すると彼はその手を取り、指を絡ませて握り直した。手のひらからじんわりと伝わる温もりを閉じ込めたくて、私は指先に力を入れる。

「俺はな、柚花が思っている以上にお前を必要としているし、愛しているんだ」

あまりにもストレートな物言いに、照れるのを通り越して、目の奥が熱くなった。

怜二さんの気持ちが痛いほど伝わってきて、私も自然と返す。

「私も、怜二さんが誰よりも大好きなんです」

もっと気の利いた言い方をしたいのに。でも、なによりの本心だから。

「それは光栄だな」

怜二さんは顔を綻ばせ、まだ離さずにいた私の左手を一度解放すると、次に指先をすくう形で再び私の手に触れた。そして緩やかに自分の口元に持っていくと、結婚指輪をはめている辺りにキスを落とす。その仕草すべてに嫌味がなく、様になってしまうので、もう私の目も心も奪われるしかない。

悔しいのと、私も彼に触れたくなったのとで、怜二さんの頬に軽く口づけた。一瞬、目を丸くした怜二さんだったが、すぐに今度はお返しとばかりに唇にキスされる。

「で、あのシリーズはどうだった？」

私がなにかを返す前に、怜二さんから不意に話題を振られる。昨日、私がソファで読んでいた作品だ。

「まだ途中までですけど、すごく面白いです。私は主役の彼より、ライバルの方が好きかもしれません。それでっ」

声を弾ませ、勢いがつきそうになった自分に、慌ててブレーキをかける。呆れられたかなと思って怜二さんを窺えば、穏やかに微笑んでいた。

「そうやって勧めたものを素直に読んで楽しむんだから、俺の奥さんは可愛いな」

額に口づけが落とされ、彼の瞳がまっすぐに私を捉える。

「結婚してよかった。柚花が相手じゃないと意味がないんだ」

「……私も、怜二さんだからこんなにも幸せなんです」

改めて自分たちの想いを口にして、私たちは笑い合った。

好きという気持ちが抑えきれず、私は怜二さんに体を寄せて密着する。彼の温もりも香りもすべて自分だけのものだと思うと、どうしてもにやけてしまう。

甘える私を怜二さんは抱きしめ直し、長い指をそっと髪に通した。

触れ合うのはもちろん、想いを言葉にするだけで、心が満たされていく。

結婚して、今さらかもしれない。でもこの先、何度だって伝えていきたい。

好きだって。幸せなんだって。

怜二さんも同じかな？

視線を送ると、怜二さんは優しい顔をしている。

そして私たちはどちらからともなく、誓うように唇を重ねた。

END

あとがき

このたびは『目覚めたら、社長と結婚してました』をお手に取ってくださり、本当にありがとうございます。作者の黒乃 梓です。

『記憶喪失の話を書きたい』とずっと思っていたのですが、いざ執筆しようとすると、どういう形で物語を進めるのか悩んでしまい、なかなか書けずにいました。

〝現在と過去を行き来しながら徐々に全貌が見えてくる〟と構成を決めてからは、頭の中で思い描いていたエピソードを突き進み、こうして作品として仕上げることができました。

なので、後は読者様が楽しんでくださるのを願うばかりです。

設定も構成もわりと特殊だと自覚していたので、思い入れのある今作をベリーズ文庫の仲間に加えていただけると知ったときは、驚きと嬉しさでいっぱいでした。

書籍化するに当たって、サイト掲載時の一人称から三人称にまるっと書き換えたり、タイトルも『リトライ最愛婚』から新たなものになったりしましたが（カバーのタイトルロゴに添えられた英文に注目です！）どんな形でも柚花と怜二の物語を覗いていただけたなら幸いです。

さて、早いもので今作が私のベリーズ文庫三作目となります。

機会を与えてくださったスターツ出版様。デビュー作からずっと見守り、寄り添って編集作業を進めてくださった担当の三好様、矢郷様。素敵すぎるカバーイラストを手がけてくださったneco様。サイトで応援してくださった皆様。この本の出版に関わってくださったすべての方々にお礼申し上げます。

なにより、今このあとがきまで読んでくださっているあなた様に心から感謝いたします。本当にありがとうございます。

いつかまた、どこかでお会いできることを願って。

黒乃《くろの》　梓《あずさ》

黒乃 梓先生への
ファンレターのあて先

〒104-0031
東京都中央区京橋1-3-1
八重洲口大栄ビル7F
スターツ出版株式会社　書籍編集部　気付

黒乃 梓 先生

本書へのご意見をお聞かせください

お買い上げいただき、ありがとうございます。
今後の編集の参考にさせていただきますので、
アンケートにお答えいただければ幸いです。

下記URLまたはQRコードから
アンケートページへお入りください。
http://www.berrys-cafe.jp/static/etc/bb

ベリーズ文庫

目覚めたら、社長と結婚してました

2018年12月10日　初版第1刷発行

著　者　黒乃 梓
©Azusa Kurono 2018

発行人　松島 滋

デザイン　カバー　菅野涼子（説話社）
フォーマット　hive & co.,ltd.

校　正　株式会社　文字工房燦光

編集協力　矢郷真裕子

編　集　三好技知（説話社）

発行所　スターツ出版株式会社
〒104-0031
東京都中央区京橋1-3-1　八重洲口大栄ビル7F
TEL　販売部　03-6202-0386（ご注文等に関するお問い合わせ）
URL　http://starts-pub.jp/

印刷所　大日本印刷株式会社

Printed in Japan

ISBN 978-4-8137-0580-2　C0193

ベリーズ文庫 2018年12月発売

『目覚めたら、社長と結婚してました』 黒乃《くろの》 梓《あずさ》・著

事故に遭い、病室で目を覚ました柚花は、半年分の記憶を失っていた。しかもその間に、親会社の若き社長・怜二と結婚したという衝撃の事実が判明！　空白の歳月を埋めるように愛を注がれ、「お前は俺のものなんだよ」と甘く強引に求められる柚花。戸惑いつつも、溺愛生活に心が次第にとろけていき…!?

ISBN 978-4-8137-0580-2／定価：本体650円＋税

『蜜月同棲～24時間独占されています～』 砂原雑音《すなはらのいず》・著

婚約者に裏切られ、住む場所も仕事も失った柚香。途方に暮れていると、幼馴染の御曹司・克己に「俺の会社で働けば？」と誘われ、さらに彼の家でルームシェアすることに!?　ただの幼馴染だと思っていたのに、家で見せるセクシーな素顔に柚香の心臓はバクバク！　朝から晩まで翻弄され、陥落寸前で…!?

ISBN 978-4-8137-0581-9／定価：本体640円＋税

『エリート弁護士は独占欲を隠さない』 佐倉伊織《さくらいおり》・著

弁護士事務所で秘書として働く美咲は、超エリートだが仕事に厳しい弁護士の九条が苦手。ところがある晩、九条から高級レストランに誘われ、そのまま目覚めると同じベッドで寝ていて…!?　「俺が幸せな恋を教えてあげる」――熱を孕んだ視線で射られ、美咲はドキドキ。戸惑いつつも溺れていき…。

ISBN 978-4-8137-0582-6／定価：本体660円＋税

『極上恋愛～エリート御曹司は狙った獲物を逃がさない～』 滝井《たきい》みらん・著

社長秘書の柚月は、営業部のイケメン健斗に「いずれお前は俺のものになるよ」と捕獲宣言をされ、ある日彼と一夜を共にしてしまうことに。以来、独占欲丸出しで迫る健斗に戸惑う柚月だが、ピンチの時に「何があってもお前を守るよ」と助けてくれて、強引だけど、完璧な彼の甘い包囲網から逃れられない!?

ISBN 978-4-8137-0583-3／定価：本体630円＋税

『ベリーズ文庫 溺甘アンソロジー1 結婚前夜』

「結婚前夜」をテーマに、ベリーズ文庫人気作家の若菜モモ、西ナナヲ、滝井みらん、pinori、葉月りゅうが書き下ろす極上ラブアンソロジー！　御曹司、社長、副社長、エリート同期や先輩などハイスペックな旦那様と過ごす、ドラマティック溺甘ウエディングイブ。糖度満点5作品を収録！

ISBN 978-4-8137-0584-0／定価：本体650円＋税

タイトル、価格等は変更になることがございますのでご了承ください。